CONTOS JUDAICOS

*Para Jon, cocriador das três histórias preciosas que animam
nossas vidas cotidianas* — S. B. G.

*Em memória da minha mãe, Jean Hall (nascida Iddon), que era
aberta à sabedoria espiritual de muitas tradições* — A. H.

*Esta obra foi publicada originalmente em inglês com o título
The Barefoot Book of JEWISH TALES, pela Barefoot Books Ltd., em 2013.*

Copyright do texto © 2013, Shoshana Boyd Gelfand
Copyright das ilustrações © 2013, Amanda Hall
Copyright ©2021, Editora WMF Martins Fontes Ltda., São Paulo, para a presente edição.

*Fica assegurado a Shoshana Boyd Gelfand o direito moral de ser identificada como autora
e a Amanda Hall o direito moral de ser reconhecida como ilustradora desta obra.*

*Todos os direitos reservados. Este livro não pode ser reproduzido, no todo ou em parte, armazenado em
sistemas eletrônicos recuperáveis nem transmitido por nenhuma forma ou meio eletrônico, mecânico ou
outros, sem a prévia autorização por escrito do editor.*

1ª edição *2021*

Tradução
Rafael Mantovani
Acompanhamento editorial
Ana Alvares
Preparação
Andrea Tenório dos Santos
Revisões
Diogo Medeiros
Marisa Rosa Teixeira
Produção gráfica
Geraldo Alves
Paginação
Moacir Katsumi Matsusaki

Dados Internacionais de Catalogação na Publicação (CIP)
(Câmara Brasileira do Livro, SP, Brasil)

Gelfand, Shoshana Boyd
    Contos judaicos / texto de Shoshana Boyd Gelfand ; ilustrações de
Amanda Hall ; tradução Rafael Mantovani. – 1. ed. – São Paulo : Editora WMF
Martins Fontes, 2021.

    Título original: Jewish tales
    ISBN 978-65-86016-66-6

    1. Contos judaicos – Literatura infantojuvenil 2. Literatura infantojuvenil
I. Hall, Amanda. II. Título.

21-64459   CDD-028.5

Índices para catálogo sistemático:
1. Contos judaicos : Literatura infantil   028.5
2. Contos judaicos : Literatura infantojuvenil   028.5

Maria Alice Ferreira – Bibliotecária – CRB-8/7964

Todos os direitos desta edição reservados à
Editora WMF Martins Fontes Ltda.
Rua Prof. Laerte Ramos de Carvalho, 133 01325-030 São Paulo SP Brasil
Tel. (11) 3293-8150 e-mail: info@wmfmartinsfontes.com.br
http://www.wmfmartinsfontes.com.br

CONTOS JUDAICOS

Texto de Shoshana Boyd Gelfand
Ilustrações de Amanda Hall

Tradução Rafael Mantovani

SUMÁRIO

O PODER DAS HISTÓRIAS

6

A SABEDORIA DE ELIAS

8

O MENINO QUE REZOU
O ALFABETO

18

O PRÍNCIPE QUE ACHAVA
QUE ERA UM GALO

28

CHALÁ NA ARCA

38

CÉU E INFERNO

50

A INTELIGÊNCIA DE RAQUEL

60

O ERRO PERFEITO

68

SINAIS E SÍMBOLOS

76

FONTES

79

O PODER DAS HISTÓRIAS

Há muito tempo, na Polônia, vivia um rabino famoso e muito devoto, o Ba'al Shem Tov. Sempre que seu povo estava em perigo, ele ia até um lugar especial que conhecia, no meio da floresta, recolhia alguns gravetos e galhos, acendia uma fogueira e fazia uma reza. Toda vez que ele fazia isso, Deus atendia às suas preces, e alguma coisa acontecia e livrava o povo judeu das tribulações que estava enfrentando. O rabino e todo seu povo agradeciam a Deus pela proteção.

O tempo passou, e Ba'al Shem Tov morreu, mas ele tinha um discípulo fiel, alguém que estivera ao seu lado por muitos anos e sabia que seu mestre costumava ir à floresta para rezar por ajuda em todos os momentos de crise. Esse discípulo era a única pessoa que sabia exatamente onde seu mestre tinha escolhido se instalar e acender a fogueira. Chamado de Maggid de Mezeritch, ele também já estava velho. Agora era a vez dele. Sempre que seu povo pedia a ele que rezasse para que Deus os protegesse dos que desejavam lhes fazer mal, Maggid ia para o mesmo lugar na floresta aonde seu mestre costumava ir. Ali, ele baixava a cabeça e dizia:

– Ó Deus, não sei como acender a fogueira, mas sei qual é o lugar e me lembro da reza, logo isso deve ser suficiente.

Então, ele rezava e, de fato, era suficiente. Deus ouvia suas preces e protegia o povo judeu.

Passaram-se vários anos, e a hora da morte chegou também para Maggid de Mezeritch. Seu discípulo, Moshe Leib de Sasov, sabia exatamente aonde ir nos momentos de dificuldade, mas não se lembrava de muito mais do que isso sobre o ritual que seu mestre realizava. Então, sempre que seu povo era ameaçado, ele ia para o mesmo lugar na floresta e rezava.

— Ó Deus — ele dizia —, não sei como acender a fogueira nem as palavras da oração, mas conheço este lugar e isso deve ser suficiente.

E era. Deus ouvia suas preces e salvava seu povo.

Essa geração também se foi com os anos, e, assim, o rabino da geração seguinte, chamado Israel de Riszhyn, precisou pedir ajuda a Deus. Àquela altura, já havia se passado tanto tempo que ninguém lembrava mais o que costumava fazer o primeiro rabino de todos, o grande Ba'al Shem Tov. Mesmo assim, Israel de Riszhyn precisava tentar.

— Não sei como acender a fogueira — ele disse. — Não sei as palavras exatas da oração nem qual é o lugar na floresta. Mas posso contar a história, e isso deve ser suficiente. — E foi.

Esse é o poder da oração. Também é o poder das histórias. Mesmo quando não sabemos exatamente aonde ir, ou o que fazer, ou que palavras usar, podemos contar a história, e isso será suficiente.

Este é um livro de histórias para serem contadas de uma geração a outra. Contar as histórias e passá-las adiante. Qualquer coisa que seus filhos guardarem na memória será suficiente.

A SABEDORIA DE ELIAS

Muitos e muitos anos atrás, havia profetas vivos sobre a terra. Os profetas eram mensageiros de Deus, e a missão deles era tornar o mundo mais justo e pacífico. Eles eram especiais. Deus falava com eles diretamente, e eles ouviam e entendiam o que a voz divina dizia. Deus pedia que dissessem às pessoas o que deviam fazer:

– Vá e fale com o povo. Diga que o mundo que criei ainda não está completo. Dei aos seres humanos tudo aquilo de que precisam para serem meus parceiros e fazerem do mundo um lugar justo e pacífico para viver, mas agora é por conta deles. Eles devem trabalhar juntos para construir esse mundo ideal.

Os profetas viajavam por toda parte tentando dizer às pessoas o que Deus queria, mas ninguém dava ouvido a eles. Não era fácil ser um profeta.

Por mais que contassem histórias, por mais alto que falassem e por mais importante que fosse sua mensagem, ninguém parecia se importar.

– Quem se importa em lutar contra a injustiça? – dizia um homem. – Já estou ocupado demais protegendo minha família!

– Por que eu deveria alimentar este mendigo esfomeado? Ele não tem amigos? Não tem família? Mal tenho condições de alimentar meus próprios filhos – uma mulher se queixava à amiga.

– Estamos fartos de ter alguém nos dizendo o que fazer – reclamava outra pessoa. – Por que não podemos simplesmente cuidar da nossa própria vida?

No fim, Deus acabou desistindo e parou de falar com os profetas e pedir que transmitissem mensagens às pessoas. Quase todos os profetas que tinham ouvido a voz de Deus morreram e não sobrou ninguém que a escutasse ou entendesse a visão de Deus para o mundo. Quando as pessoas perceberam que não havia mais profetas para guiá-las, indagaram: "E agora? Como saberemos de que forma criar um mundo justo e pacífico?" Mas não havia ninguém para responder. Só o que podiam fazer era ler as palavras que os profetas tinham escrito e tentar entender o que Deus queria delas.

Havia, no entanto, um único profeta que não tinha morrido. Ninguém sabia que ele ainda estava vivo, pois ele fugira desesperado. Seu nome era Elias, e ele era o mais devoto de todos os profetas. Quando as pessoas se recusaram a ouvir o que ele dizia, Elias ficou tão triste que não aguentou mais ficar nas cidades e vilarejos. Partiu sozinho para o deserto.

– Por favor, Deus – disse Elias –, não quero mais viver neste mundo. Ninguém sabe quem é o Senhor, e ninguém mais se importa nem faz nada para tornar o mundo um lugar melhor. Por favor, deixe-me morrer.

Mas Deus sabia que Elias era especial. Em vez de deixá-lo morrer, enviou uma carruagem de fogo para levá-lo ao céu, onde ele vive até hoje. Isso, contudo, não significava que os deveres de Elias tinham terminado.

חכמת אליהו

– Elias – disse Deus –, você é a única pessoa que ainda entende como tornar o mundo justo e pacífico. Você deve visitar a terra todos os dias e recompensar as pessoas que estão tentando criar um mundo melhor. Suas visitas devem ser secretas. Ninguém pode saber quem você é. Assim, você poderá descobrir quais pessoas são boas e realmente merecem ser recompensadas.

Desde então, todos os dias, Elias se veste como um mendigo ou uma velhinha. Ele desce à terra e procura as pessoas que precisam de ajuda. Às vezes, ele vem para recompensar aqueles que, mesmo sendo pobres, estão dispostos a compartilhar com os outros o pouco que têm. Outras vezes vem para castigar os que estão agindo injustamente, ou para transmitir uma mensagem. Nunca se sabe quando ele pode aparecer, mas, se você vir um mendigo resolver um problema que parecia impossível e, depois, simplesmente sumir, saberá que Elias esteve aqui de visita. Ou, se uma velhinha lhe der conselhos sábios, preste muita atenção ao que ela diz – pode ser Elias disfarçado.

Um dia, um famoso rabino chamado Josué rezou pedindo ajuda a Elias.

– Elias, não entendo por que às vezes as pessoas más são recompensadas, enquanto as boas são castigadas. Como sabemos quem realmente está tornando o mundo melhor e quem o está tornando pior? Por favor, venha me ensinar sua sabedoria, Elias. Eu lhe imploro.

Elias sabia que o rabino Josué queria mesmo se tornar sábio, e seu coração se comoveu com ele. O profeta decidiu ajudar. Então, foi visitar o rabino Josué.

– Você pode me acompanhar nas minhas visitas pela terra – Elias disse. – Assim descobrirá a resposta para sua pergunta. Mas com uma condição: você não pode fazer nenhuma pergunta nem questionar nada do que eu disser ou fizer. Se fizer isso, voltarei ao céu no mesmo instante e você ficará sozinho de novo.

O rabino concordou imediatamente.

Então, o rabino Josué e Elias, o Profeta, partiram juntos. Ambos vestiam roupas esfarrapadas para ninguém descobrir quem eram. Logo chegaram à casa de uma velha senhora, uma cabana minúscula de um único cômodo.

– Entrem, entrem, forasteiros – disse a mulher. – Vocês parecem cansados da jornada. Vou pegar alguma coisa para vocês beberem.

Ela entrou em um pequeno estábulo e tirou leite de sua velha vaca.

– Peço desculpas, não tenho mais nada para oferecer, mas, por favor, bebam o leite que tenho. Vou fazer algo para vocês comerem. Depois, espero que queiram passar a noite no meu humilde lar.

O rabino Josué e Elias aceitaram a hospitalidade da mulher e se acomodaram para passar a noite. O rabino tinha certeza de que, na manhã seguinte, Elias recompensaria a mulher por sua bondade. Ela tinha tão pouco, e mesmo assim estava disposta a compartilhar tudo. Que perfeito exemplo de como ser uma boa pessoa e tornar o mundo melhor.

De manhã, Elias fez uma prece sobre a vaca da mulher. Sob o olhar horrorizado do rabino Josué, a vaca se deitou, repousou a cabeça no feno e ali mesmo morreu.

– Que foi que você fez? – exclamou Josué. – Esta era a única vaca da mulher e agora ela não terá mais leite para beber. Que tipo de recompensa é essa?

Elias simplesmente se virou e disse:

– Só vou lembrá-lo uma única vez do que você

prometeu. Você disse que não iria questionar minhas ações nem me desafiar de jeito algum.

O rabino Josué ficou de boca fechada. Recolheu sua trouxa e seguiu Elias em silêncio. A próxima casa que encontraram pertencia a um homem rico. Ela tinha muitos quartos e uma cozinha cheia de comida.

– O que vocês querem? – o homem rico perguntou, irritado. – Por que vieram me incomodar?

– Somos viajantes procurando um pouco de comida e um lugar para passar a noite... – o rabino Josué começou a dizer.

O homem rico olhou feio para eles e disse:

– Vocês estão sujos demais para entrar na minha casa. E, se eu der comida a vocês, logo, logo terei de compartilhá-la com toda pessoa pobre que bater à minha porta.

O rabino implorou.

– Está escurecendo e não temos outro lugar para ir – ele disse.

O homem rico os examinou da cabeça aos pés e disse:

– Bom, só porque sou muito generoso, vou deixar vocês dois dormirem ali encostados naquela parede quebrada do estábulo. Mas precisam ir embora assim que o sol raiar.

Enquanto se acomodavam no feno para dormir, o rabino Josué teve certeza de que, na manhã seguinte, Elias puniria aquele homem por sua mesquinharia e falta de hospitalidade. Por isso, ficou muito surpreso quando acordou e viu o profeta de pé em frente à parede quebrada, rezando para que se consertasse sozinha! Josué ficou observando as pedras se empilharem umas nas outras, até a parede ser consertada. Abriu a boca para dizer algo, mas a fechou rapidamente. Bastou olhar de relance para o rosto de Elias para se lembrar de sua promessa de não fazer perguntas, por isso apenas balançou a cabeça, perplexo.

Os dois homens seguiram sua jornada. O rabino estava mais confuso do que nunca com as ações de seu companheiro. Eles caminharam o dia todo até chegar a uma cidade, onde pararam em uma bela sinagoga, para as orações vespertinas. Dentro do prédio havia castiçais de ouro maciço, e as paredes eram cobertas com lindas tapeçarias bordadas. Elias e o rabino Josué, por acaso, ouviram pessoas na congregação falando sobre o que iriam comer ao chegar em casa, após o fim das orações.

As refeições que descreviam pareciam deliciosas – peixes frescos, verduras e legumes, carnes suculentas. O rabino Josué e Elias ficaram com água na

boca. Tinham certeza de que alguém os convidaria para jantar. Porém, um por um, todos foram embora da sinagoga sem olhar para trás.

O céu escureceu, a sinagoga ficou vazia, e só sobrou o guarda que devia trancar as portas à noite. Ele viu Elias e Josué parados sozinhos na penumbra e, com certa relutância, ofereceu-lhes um pedaço de pão.

– Se vocês não têm para onde ir – disse o homem, contrariado –, podem dormir aqui no chão esta noite. Amanhã cedo eu volto para abrir a porta.

E, assim, Josué e Elias ficaram ali sozinhos para passar a noite.

Na manhã seguinte, o rabino Josué ficou mais uma vez desconcertado com as ações de Elias. Em vez de rezar para que as pessoas daquela bela sinagoga fossem punidas por não compartilhar sua riqueza com estranhos, Elias disse:

חכמת אליהו

– Que cada membro desta sinagoga se torne um líder da comunidade.

O rabino Josué simplesmente não entendia as ações de Elias, mas já havia aprendido que não devia questioná-lo.

Depois de viajar por mais um dia, os dois homens chegaram a uma pequena sinagoga de madeira, espremida entre as bancas do mercado de uma cidadezinha. Aquela sinagoga era muito diferente da que tinham visitado antes, em todos os aspectos. A construção era humilde, de teto baixo, com apenas um recinto e nenhuma mobília, mas as pessoas ali eram bondosas e acolhedoras.

Assim que Elias e o rabino Josué entraram, alguém se aproximou e disse:

– Vocês devem estar exaustos de viajar tanto. Precisam de um lugar para cear e descansar? Serão muito bem-vindos na casa de qualquer um de nós. Não temos muita coisa, mas compartilharemos de coração o pouco que temos.

Elias e o rabino Josué aceitaram a oferta de bom grado. Depois de um jantar simples, mas generoso, cada um recebeu uma cama macia para dormir. Josué pensou: "Desta vez, Elias com certeza vai recompensar a comunidade inteira. Não foi apenas uma família que nos ofereceu abrigo, qualquer uma das outras teria feito o mesmo com prazer."

Mais uma vez, quando amanheceu, o rabino Josué ouviu a reza de Elias, mas ficou estupefato com o que ele disse:

– Para esta cidade, Deus, peço que apenas um deles se torne líder.

O rabino Josué não se aguentou mais.

– Como pode rezar pedindo uma coisa dessas? – exclamou. – Esta é uma cidade de pessoas boas. Por que apenas uma delas deve ser recompensada com a liderança? Na outra cidade, onde nos trataram tão mal, você recompensou todo mundo!

E agora que tinha começado a questionar e reclamar o rabino percebeu que não podia mais parar.

– Nada do que você pediu nas suas preces é justo, absolutamente nada! Explique por que você castigou aquela pobre velhinha matando sua única vaca e, ao mesmo tempo, recompensou aquele rico horroroso consertando a parede dele? Está tudo errado!

Elias ouviu em silêncio o desabafo do rabino Josué antes de responder.

– Meu caro Josué – ele disse. – Você quebrou sua promessa, por isso terei de deixá-lo sozinho e voltar para o céu. Mas, antes de partir, vou explicar minhas ações para que você possa entender que as coisas nem sempre são o que parecem ser. A velha mulher da primeira casa ia morrer naquele dia em que a visitamos. Por ter sido tão boa conosco, rezei para que no lugar dela Deus levasse a vaca. Na segunda casa, havia um tesouro enterrado debaixo daquela parede que o homem rico não merecia porque era muito mesquinho. Quando pedi a Deus que consertasse a parede, estava garantindo que o homem jamais encontrasse o tesouro.

Elias continuou:

– Quanto às duas sinagogas, recompensei as pessoas boas e puni as más. Quando rezei para que a sinagoga rica tivesse muitos líderes, sabia que isso geraria discussões e problemas. A sinagoga pobre, por sua vez, terá um único líder para guiá-los com sabedoria e paz.

Então o rabino Josué compreendeu como tinham sido sábias as orações e as ações de Elias. O rabino não tinha entendido quem estava sendo recompensado e quem estava sendo punido.

– Agora vejo que a justiça não é tão simples – ele disse. – O único jeito de fazer um mundo mais justo não é julgando Deus, mas sim aceitando que Ele sabe o que é melhor. Nós devemos agir com justiça e fazer o que sabemos que é certo, entregando o resto a Deus. E devemos confiar que Deus nos recompensará por isso quando chegar a hora.

Elias sorriu.

– Você teria sido um bom profeta, rabino Josué. Se mais pessoas pudessem entender o que você disse agora e trabalhassem para construir um mundo melhor como você sugeriu, talvez Deus voltasse a falar com os humanos. E, então, eu poderia retornar à terra e anunciar que a era da paz e da justiça começou. Josué, meu filho, continue lutando por isso. Convença os outros a fazer o mesmo, e quem sabe nos veremos novamente um dia.

Depois disso, Elias desapareceu, voltando para o céu. O rabino Josué ficou ali refletindo sobre sua preciosa lição de sabedoria e pensando no que aprendera com ela para ensinar mais pessoas a fazer do mundo um lugar melhor.

O MENINO QUE REZOU O ALFABETO

Natan era um menino um pouco diferente dos outros. Algumas crianças adoram animais. Outras adoram futebol. Outras, ainda, música. Mas o que Natan adorava eram as letras. Ele as adorava, especialmente as letras hebraicas. A maioria das crianças que estudam em escola hebraica se queixa disso. Reclamam que é difícil e preferem brincar com os colegas. Natan ia à escola de hebraico para aprender a ler e entoar suas orações, mas ele não era como a maioria das crianças. Desde o instante em que viu o alfabeto hebraico, se apaixonou. Ele via letras hebraicas por todos os lados. Era como se *elas* fossem suas amigas. Ele gostava mais delas que de qualquer outra coisa no mundo.

Certa noite, Natan estava deitado na cama esperando a mãe lhe dar um beijo de boa-noite quando olhou para cima e viu uma rachadura sinuosa no teto.

– Olhe aquela rachadura estranha – ele disse para a mãe. – É um *lamed*, bem ali em cima da minha cama!

E ele tinha razão. A rachadura tinha exatamente o formato da letra hebraica *lamed*, ל, mas quem mais teria notado isso?

Num outro dia, Natan voltava da escola com seu melhor amigo, Daniel, quando parou bem no meio do caminho e apontou para uma série de postes de luz enfileirados ao longe.

– Olhe aquela linha de *vav*s postados na beira da estrada – ele disse. Daniel teve de concordar. Os postes realmente pareciam a letra hebraica *vav*, ו, mas somente depois que Natan apontou.

– E ali tem uma revoada de *yods*! – Natan deu risada, apontando para cima. Daniel ergueu os olhos. Os pássaros voando pelo céu vespertino poderiam facilmente ser um bando de letras *yod*, י.

Embora amasse tanto as letras, Natan não era o melhor aluno nas aulas de hebraico. A questão é que ele amava as letras, mas não conseguia entender como ordená-las para criar palavras.

– As letras são tão bonitas – ele dizia. – Eu amo essas letras, só não entendo como elas se encaixam umas nas outras.

Sempre que a professora passava uma nova oração para a turma aprender, todos começavam a estudá-la, mas Natan pegava uma tesoura e começava a recortar letras hebraicas no papel. Ou então mergulhava o dedo no tinteiro e pintava letras em seu livro de exercícios. Por mais que tentasse, não conseguia juntar as letras para formar palavras. Ele simplesmente não conseguia.

תפילת הלב

No final, a professora pediu que os pais de Natan fossem conversar com ela.

– O Natan é muito especial – ela disse. – Ele tem uma alma bela e gentil. Mas nunca vai conseguir ler nem escrever em nenhuma língua. Talvez ele possa decorar algumas orações simples se escutar com muita atenção, mas nunca vai ser capaz de ler o pergaminho sagrado da Torá, ou de liderar a comunidade nas rezas longas e complexas da nossa tradição. Por mais que Natan ame as letras hebraicas, ler palavras é simples-

mente difícil demais para ele. Há alguma outra habilidade útil que ele poderia aprender? Acho que ele nunca vai se dar bem na escola.

Felizmente, a família de Natan morava numa fazenda. Havia todo tipo de tarefas a serem feitas por lá, e não era preciso saber ler nem escrever para realizá-las. Assim, Natan ficou com o trabalho de cuidar das ovelhas da família. E gostava muito disso também. Todo dia, ele levava as ovelhas para pastar. Ele gostava muito de passar os dias ao ar livre, nas colinas e nos campos em torno da fazenda dos pais. E, enquanto as ovelhas se alimentavam, Natan ficava olhando os pássaros e as árvores e imaginando que formavam diferentes letras hebraicas. Ou então ele desenhava as letras na terra.

No ano em que Natan completaria treze anos, as crianças da sua turma começaram a se preparar para seu *bar* ou *bat mitsvá*. Era um dia importante para todas elas. Como parte da celebração, cada menino ou menina tinha de ir sozinho até a frente da sinagoga, ler uma parte da Torá e recitar as orações hebraicas diante da família e dos amigos. "*Mazel tov!*", exclamavam as famílias, parabenizando os filhos por mostrar que podiam liderar as orações e que, por isso, estavam preparados para ser parte da comunidade de adultos. As famílias estavam orgulhosas daqueles jovens, prontos para começar sua própria jornada e assumir suas próprias responsabilidades!

Natan não aprendera as orações, exceto algumas mais simples, que conseguiu decorar, mas ele nunca aprendeu a ler a Torá. Então, como poderia marcar o momento em que se tornaria parte da comunidade de adultos?

– O que acontecerá com o Natan? – seus amigos perguntaram à professora. – Ele pode ter um *bar mitsvá* se não sabe ler?

– Não – ela respondeu com tristeza. – Natan não terá uma cerimônia de *bar mitsvá* como vocês. Como ele não sabe ler, não vai entoar as palavras da Torá nem liderar as orações da congregação como vocês farão. Embora ele vá se tornar um adulto como vocês, responsável pelas próprias ações e querido por todos nós, infelizmente não vai participar por completo da comunidade liderando as orações em um *bar mitsvá* nem em nenhum outro momento de sua vida.

Isso foi logo aceito por todos. Mas um dia aconteceu uma coisa que mudou o jeito como eles viam Natan.

Era Yom Kippur, o dia mais sagrado do ano. Os amigos de Natan acordaram cedo. Vestiram suas túnicas brancas especiais e foram à sina-

תפילת הלב

goga levando os xales de oração. Passariam o dia inteiro rezando e jejuando, pedindo o perdão de Deus nessa cerimônia anual de expiação.

Quando Natan chegou à sinagoga, todos estavam vestidos de branco, rezando fervorosamente.

– Se, no Yom Kippur, vocês rezarem do fundo da alma, usando todos os dons que Deus lhes deu – o rabino disse –, então serão perdoados por qualquer coisa que tenham feito no ano que passou.

Por isso, todos estavam fazendo o melhor que podiam para se concentrar em suas orações e seguir o que o rabino ensinou.

Ninguém notou quando Natan chegou em silêncio à sinagoga. Ele se sentou com sua família, mas não se juntou às orações. Não levou um livro de orações, pois não teria conseguido ler. E, embora estivesse vestindo sua túnica branca e seu xale como todos os outros, ficou sentado quieto, olhando para a frente. Ninguém prestou muita atenção nele nesse dia sagrado. Todos estavam ocupados demais pensando na própria alma e lendo as muitas palavras do livro de orações.

Por um tempo, Natan ficou ali sentado em silêncio, ouvindo as pessoas rezando à sua volta, mas acabou ficando entediado.

– Pai... – ele sussurrou, puxando de leve o braço do pai.

– Psiu, Natan – disse o pai. – Não vê que estou tentando rezar?

Mais uma hora se passou.

– Pai – Natan tentou outra vez –, o que eu deveria fazer agora? Não conheço nenhuma das orações especiais de Yom Kippur.

Mas o pai de Natan estava concentrado nos próprios pensamentos e não queria ser interrompido.

Todos estavam tão absortos em suas orações que ninguém percebeu quando Natan foi para o fundo da sinagoga. Havia uma mesinha ao lado da porta e embaixo dela um monte de folhetos antigos e uma tesoura. Ninguém notou quando Natan começou a recortar letras hebraicas no papel, formando cada uma com muito capricho. O dia foi passando e ninguém percebeu uma pilha crescente de letras lentamente se formando no chão, em volta dos pés de Natan.

E ainda bem que ninguém notou. Senão, é claro, teriam mandado o menino parar imediatamente. Cortar, escrever ou desenhar não é permitido no dia sagrado de Yom Kippur. Comer ou beber também não. A única coisa que se deve fazer é rezar e pedir perdão. Mas ninguém estava prestando atenção em Natan, sentado quietinho no fundo, recortando letras o dia inteiro.

Quando o Yom Kippur estava chegando ao fim, o rabino se levantou e disse:

– Estamos prestes a começar o culto final do Yom Kippur, a oração Ne'ilah. Esta é nossa última chance de pedir perdão a Deus e uns aos outros por qualquer coisa que tenhamos feito de errado. Se você foi desatento com alguém, se julgou mal uma pessoa, se cometeu um erro, esta é a hora

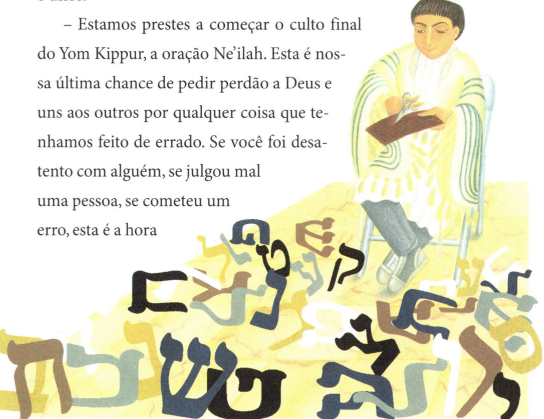

תפילת הלב

de reparar tudo e ser perdoado. Por favor, levantem-se para o início da oração.

Fez-se um silêncio na sinagoga enquanto todos ficavam de pé para a oração final, cada um se esforçando para pensar em qualquer pessoa que tivesse julgado mal, antes que fosse tarde demais para receber o perdão.

Naquele momento, no instante em que as pessoas se levantaram, veio um barulhão do fundo da sinagoga. Todos se assustaram. Natan tinha colocado a tesoura no colo enquanto o rabino falava. Quando ele se levantou, a tesoura caiu no chão. Ploft! Todos os olhares se voltaram para o fundo do recinto. E, quando se detiveram em Natan, notaram a enorme pilha de papel a seus pés e entenderam que ele ficara ali sentado o dia inteiro, recortando papel.

– Natan! – gritou o pai. – O que você estava fazendo? Este é o dia mais sagrado do ano, e você estava recortando papel em vez de rezar a Deus para pedir perdão. Deus nos perdoe por este pecado! Estou envergonhado por você!

A mãe de Natan se levantou para tirar a tesoura da mão do menino e recolher os papéis caídos sobre os pés dele. Seu rosto ardia enquanto andava furiosa na direção do filho. Mas assim que ela chegou ao fundo da sinagoga o rabino gritou:

– Pare! Eu não ensinei a vocês que tudo o que Deus nos pede é que rezemos do fundo da nossa alma, usando qualquer dom que Ele tenha nos dado? – Então, ele se virou para Natan e falou numa voz doce: – Sei que você também veio aqui hoje para rezar. Então, continue, ofereça sua prece.

Foi como se um peso tivesse sido tirado dos ombros do menino. Sorrindo, ele estendeu a mão até a pilha de papel aos seus pés e jogou um punhado de letras para o ar.

תפילת הלב

O que aconteceu em seguida foi extraordinário. Natan lançou as letras de papel para cima, mas, em vez de caírem no chão, elas simplesmente ficaram ali pairando no ar, e então começaram a se juntar, formando palavras. Lentamente, as palavras formaram frases, e as frases formaram orações, as mais comoventes e inspiradoras que alguém poderia imaginar.

Então, juntos, como se seguindo um sinal, todos na sinagoga começaram a ler as palavras das orações de Natan, recitando-as como oferenda de perdão da Ne'ilah. Natan continuou jogando as letras para o ar, e a cada vez elas formavam palavras que a congregação recitava em coro. Era como se Natan estivesse conduzindo as orações de todos sem pronunciar uma só palavra.

Quando o sol se pôs, marcando o fim do Yom Kippur, as letras que haviam flutuado acima da cabeça de Natan de repente caíram no chão como confete. O momento milagroso terminara. Fez-se um longo silêncio. Todos estavam profundamente imersos nos próprios pensamentos, esperando para ver o que aconteceria em seguida.

Então, um dos meninos da turma de Natan da escola andou até ele.

– Como você fez isso? – ele perguntou. – Foi incrível!

Natan parecia tão surpreso quanto os demais.

– Não sei – ele disse. – Eu queria rezar e, como não podia ler as orações, pensei em oferecer minhas letras a Deus e ver se, talvez, Ele pudesse ordená-las em uma oração de verdade.

O rabino foi até Natan.

– Meu menino, perdoe-nos por julgá-lo mal – ele disse. – Claramente, você entendeu a vontade de Deus melhor do que nós. Cada um de nós oferece a Deus aquilo que pode dar. Seu dom é um amor pelas letras; você ofereceu suas letras e, por meio delas, sua alma. Deus o ajudou,

arranjando suas letras em uma ordem que o resto de nós pudesse entender. Obrigado por nos lembrar de que qualquer prece vinda do coração tem o poder de abrir as portas do céu.

Então, o rabino virou-se para falar com as pessoas que estavam se arrumando e já começando a sair da sinagoga.

– Vocês viram o que Natan nos ensinou hoje? – ele perguntou em voz alta. – A intenção das nossas orações é muito mais importante do que as palavras exatas. Quaisquer palavras, ou letras, que venham do coração alcançarão os portões do céu. Que busquemos fazer isso com tanta sinceridade quanto Natan, o menino que rezou o alfabeto.

O PRÍNCIPE QUE ACHAVA QUE ERA UM GALO

Era uma vez um príncipe que achava que era um galo. Ele passava os dias sentado, totalmente nu, embaixo de uma mesa no seu quarto, recusando-se a comer qualquer coisa que não fosse alpiste. O rei e a rainha estavam angustiados e perdendo o sono de tanta preocupação e desânimo.

– O que vamos fazer? – eles se perguntavam o tempo todo. – Onde foi que erramos? O que aconteceu com nosso filho querido? Ele era uma criança normal, mas agora não ouve nada do que dizemos. Não come, não fala, nem nota a nossa presença. O que podemos fazer para ajudá-lo?

Então, a rainha teve uma ideia.

– Já sei – disse. – Vou convidar o melhor amigo dele para lhe fazer uma visita.

O amigo veio. Enfiou a cabeça embaixo da mesa onde o príncipe estava escondido e chamou:

– Ei! Saia daí, vamos brincar lá fora.

Mas o príncipe nem sequer olhou para o amigo.

O rei, então, fez uma tentativa. Foi visitar o tutor favorito do príncipe e pediu que viesse ao palácio e tentasse conversar com o menino. Com certeza aquele homem convenceria seu filho a sair dali.

O tutor prestou muita atenção no que o rei lhe disse. Levou os livros preferidos do príncipe quando foi visitá-lo.

– Venha cá, vamos ler juntos – ele disse num tom amigável. – Vou ler para você suas histórias favoritas. Você gostava tanto delas! – Mas o príncipe o ignorou completamente.

A essa altura, o rei e a rainha estavam desesperados. Mandaram o cozinheiro fazer um bolo especial para o príncipe. Trouxeram o bolo da cozinha, recém-saído do forno e com cheirinho de chocolate. Colocaram o bolo no chão ao lado do filho, esperando que o menino ficasse tentado com aquele aroma tão doce. Mas o príncipe simplesmente ignorou o bolo, continuou a bicar o alpiste espalhado no chão e então virou a cabeça de lado e gritou:

– Co-co-ri-có!

– Ele está piorando, em vez de melhorar – gemeu o pai numa voz tristonha. – O que devemos fazer?

O rei e a rainha ficaram um longo tempo pensando. Pensaram, pensaram, e por fim a rainha disse:

הנסיך שחשב שהוא תרנגול

– Alguém deve ser capaz de nos ajudar. Vamos espalhar um anúncio por todo o reino oferecendo uma recompensa a quem curar nosso filho.

Muitas pessoas vieram, médicos e mágicos e feiticeiros. Todos tentaram, e todos fracassaram. O príncipe achava que era um galo, e ponto final.

Então, um dia, um desconhecido apareceu no palácio. Ele bateu nos portões e pediu para falar com o rei e a rainha. Era alto e magro, e vestia roupas velhas esfarrapadas. O homem parecia ter feito uma longa jornada.

– Ouvi falar do príncipe – ele disse – e acho que sei qual é o problema. Precisarei vir morar com vocês por uma semana inteira. Acho que posso curar o menino, mas levará tempo.

– Você é médico? – perguntou o rei.

– Mágico? – perguntou a rainha.

– Não – respondeu o desconhecido. – Mas sei o que fazer para ajudar seu filho. Meu nome é Ezra, e vocês devem confiar em mim.

O rei e a rainha ainda estavam preocupados. Como aquele homem podia curar seu filho se tantos médicos sábios e experientes tinham fracassado?

– O que esse desconhecido vai fazer para ajudar nosso precioso menino? – a rainha perguntou ao marido.

– Não sei – respondeu o rei lentamente. – Mas acho que podemos confiar nele. Seu nome é Ezra, que significa "ajuda" em hebraico, e ele tem um olhar bondoso. Ele sabe o que está fazendo. Afinal, o que temos a perder? Temos de deixá-lo tentar.

Então, o rei e a rainha abrigaram Ezra no palácio e o apresentaram ao príncipe.

Assim que entrou no quarto, Ezra tirou toda a roupa, agachou-se embaixo da mesa ao lado do príncipe e começou a bicar o chão. O príncipe ficou surpreso. Do canto onde estava encolhido, olhou para o homem e falou, pela primeira vez em meses.

– Quem é você? – ele perguntou. – E por que está aqui?

Ezra ficou contente. Percebeu que seu plano já estava começando a funcionar.

– Eu também sou um galo – ele respondeu.

O príncipe sorriu para ele – pela primeira vez em meses –, e Ezra sorriu de volta. Os dois ficaram ali sentados juntos, pelados embaixo da mesa, bicando o alpiste e cantando alto:

– Co-co-ri-có!

Depois de três dias fazendo isso, já eram grandes amigos.

No quarto dia, Ezra saiu de baixo da mesa e vestiu suas roupas novamente.

– O que está fazendo? – protestou o príncipe. – Você é um galo como eu, e galos não usam roupa. Volte para cá e tire a roupa.

Ezra não lhe deu atenção, apenas continuou a pôr a roupa. Quando já estava vestido, agachou-se outra vez embaixo da mesa.

– Embora eu seja um galo – Ezra disse ao príncipe –, prefiro usar roupa. Assim não sinto tanto frio quando sento no chão. Você pode fazer

הנסיך שחשב שהוא תרנגול

o que quiser, mas eu, pessoalmente, fico mais confortável como galo usando roupa.

O príncipe pensou no que ele disse por um instante. E, então, lentamente e em silêncio, saiu de baixo da mesa e vestiu suas roupas. Depois disso, os dois continuaram a bicar o alpiste e a levantar a cabeça de vez em quando para gritar:

– Co-co-ri-có!

A única diferença era que agora ambos estavam vestidos.

Na manhã seguinte, quando acordaram, o príncipe começou a bicar o alpiste do chão, como fazia todas as manhãs. Dessa vez, porém, Ezra saiu de baixo da mesa e foi buscar a bandeja de café da manhã que os criados do palácio haviam deixado na porta, como faziam toda manhã, para o caso de o príncipe decidir parar de ser um galo. Ezra colocou um pouco de comida no prato e, sem dizer uma só palavra, levou-o para debaixo da mesa e começou a comer.

– O que você está fazendo? – exclamou o príncipe. – Galos comem alpiste, não comem torradas com ovos mexidos. Isso é comida de humanos, e você é um galo. Devolva isso!

Ezra nem prestou atenção. Os ovos estavam deliciosos, do jeitinho que gostava, e ele estava faminto depois de passar quatro dias comendo alpiste. Continuou sua refeição com calma, uma torrada numa mão, uma garfada de ovos na outra. O príncipe olhou feio para ele, mas Ezra simplesmente o ignorou.

Depois de terminar de comer, ele explicou:

– Sou um galo, igualzinho a você. Mas os galos são livres para comer o que quiserem. Se você prefere o gosto do alpiste, então, não tenha dúvida, continue a comer alpiste. Mas eu gosto de torrada com ovos e de

um monte de comidas diferentes. Então, de agora em diante, pretendo comer tudo o que estiver na bandeja que eles colocam na porta.

O príncipe pensou nas palavras de Ezra e então, lentamente, avançou até a bandeja para ver o que tinha sobrado. Pegou um pouco dos ovos, uma torrada e até uma xícara de café. Levou tudo para debaixo da mesa e tomou seu primeiro café da manhã normal em meses. Lambendo os lábios e apreciando o sabor da comida, olhou para Ezra e sorriu.

O príncipe e Ezra passaram o resto do dia gritando "Co-co-ri-có!" embaixo da mesa, como de costume. Mas, sempre que uma refeição chegava, eles saíam de lá e comiam juntos o que estivesse na bandeja em frente à porta.

Na manhã seguinte, mais uma vez, eles saíram de baixo da mesa para buscar o café da manhã. Nesse dia, no entanto, em vez de levar a comida para debaixo da mesa, Ezra se sentou numa cadeira à mesa. O príncipe

הנסיך שחשב שהוא תרנגול

ficou observando, desconfiado. O que era aquilo agora? Então, depois que terminou de comer, Ezra começou a andar pelo quarto, em vez de ficar agachado embaixo da mesa como um galo.

– O que está fazendo agora? – o príncipe perguntou. – Como você pode ser um galo se come sentado à mesa e caminha em pé feito um homem?

– Só porque sou um galo isso não significa que não posso me sentar em um lugar que seja confortável para mim, ou andar de um jeito que pareça melhor – Ezra respondeu calmamente. – Prefiro sentar numa cadeira e andar em pé. Se um galo prefere fazer isso, existe algum motivo para não fazê-lo?

O príncipe ficou pensando por um tempo, dedicando toda a sua atenção a essa pergunta. Então, lentamente, murmurou:

– Acho que não.

E também se sentou à mesa para tomar seu café da manhã.

Naquele dia, em vez de passar o tempo todo gritando "Co-co-ri-có!", Ezra virou-se para o príncipe e disse:

– O *shabat* começa esta noite. Como você acha que deveríamos celebrá-lo? Embora eu seja um galo, prefiro passar meu *shabat* rezando a Deus, partilhando uma bela refeição, estudando as palavras da Torá e ficando com minha família. Você gostaria de se juntar a mim?

Houve um longo silêncio enquanto o príncipe pensava no que Ezra dissera. Então, ele começou a chorar baixinho.

– Faz tanto tempo que não celebro o *shabat* – ele disse. – Acho que esqueci como se faz. E há tanto tempo não fico com minha família que não tenho certeza de que eles vão me aceitar de volta, principalmente quando virem que ainda sou um galo.

34

Ezra pôs a mão no ombro do príncipe para reconfortá-lo.

– Sua família vai receber você de braços abertos. Eles vão aceitá-lo do jeito que você é. E garanto que você não vai demorar nem um pouco para se lembrar da alegria do *shabat* e de como celebrá-lo. Vamos convidar seus pais para se juntarem a nós e podemos celebrar todos juntos.

Então, Ezra e o príncipe mandaram uma mensagem convidando o rei e a rainha para o jantar de *shabat* no quarto do príncipe. A semana havia chegado ao fim, mas o rei e a rainha não sabiam muito bem o que encontrariam quando abrissem a porta do quarto. Estavam curiosos para ver se Ezra conseguira convencer o príncipe a sair de baixo da mesa.

A rainha abriu primeiro só uma fresta na porta.

– Oh, não acredito! – ela exclamou ao ver o filho vestido para o *shabat* e sentado à mesa com uma suntuosa refeição. Quando viu a mãe, o príncipe atravessou o quarto, abriu totalmente a porta, andou até os pais e os abraçou.

– Isso é fabuloso! – o rei exclamou, abraçando o filho. – Como você conseguiu? – ele perguntou, voltando-se para Ezra.

– Nada mudou – respondeu Ezra. – Seu filho é seu filho. Sempre foi e sempre será. Ele ainda é o mesmo por dentro. A única diferença é o modo como ele age. Só ensinei a ele que Deus dá aos seres humanos a

capacidade de fazer escolhas. Independentemente de como nos sentimos por dentro, podemos escolher agir melhor do que nos sentimos. O príncipe sente que é um galo, mas até mesmo um galo pode agir como um ser humano se escolher fazer isso. E, se isso é verdade, então espero que um ser humano possa agir como um anjo. Basta tentar.

Dizendo isso, Ezra desapareceu, sem levar a recompensa a que teria direito. O rei e a rainha se deram conta de que aquele não era um homem qualquer, mas sim um mensageiro de Deus.

O rei pensou no que Ezra dissera sobre comportamento e escolha. Entendeu que o visitante queria que ele também ouvisse aquilo e pensasse nas escolhas que estava fazendo. A partir desse dia, o rei começou a governar seu país de outra maneira. Em vez de insistir para que seus súditos viessem falar com ele no palácio, ia até a casa das pessoas para tentar entender seus problemas e suas necessidades. Ficou conhecido como o rei mais sábio de todos os tempos. Sempre que ouvia um galo cantar "Co-co-ri-có!", ele erguia os olhos para o céu e agradecia pela lição que Ezra lhe ensinara ao passar uma semana com o príncipe que achava que era um galo.

CHALÁ NA ARCA

Muito tempo atrás, quando os profetas ainda viviam na terra, havia uma mulher chamada Eliana. Em hebraico, o nome Eliana significa "Deus, responda-me". E, de fato, Eliana muitas vezes fazia suas orações esperando sempre que Deus respondesse. Ela amava Deus do fundo do coração e queria avidamente fazer algo para demonstrar esse amor.

"Já sei", pensou Eliana, "vou estudar a Torá. Era assim que meu pai servia a Deus."

Então, Eliana começou a ir à escola para aprender a ler e escrever. Mas, por mais que se esforçasse nos estudos, simplesmente não conseguia dar conta da tarefa. Aprender hebraico era difícil demais. Ela nunca conseguiria ler a Torá sozinha e servir a Deus como seu pai fizera. No entanto, ela tinha um grande coração. Recusava-se a perder o ânimo. Tinha certeza de que podia fazer algo.

"Eu poderia fazer alguma coisa bonita para a sinagoga para demonstrar meu amor por Deus", pensou ela. Sua mãe tinha feito uma bela capa para a Torá. Mas Eliana não sabia costurar e não podia servir a Deus como sua mãe fizera. O tio dela construíra os vitrais de mosaico para as janelas da sinagoga; reluziam como joias quando o sol brilhava através deles. Eliana não sabia como construir vitrais para servir a Deus como seu tio fizera. E não sabia como esculpir um ponteiro de madeira para a Torá, como seu primo fizera.

"Cada pessoa tem um dom que pode usar para servir a Deus", Eliana pensou. "Qual é o meu? O que posso fazer?" Ela fechou os olhos e rezou:

– Por favor, Deus, me dê um sinal. Mostre o que posso fazer para servi-Lo.

Ora, o nome Eliana significa "Deus, responda-me", e Deus realmente respondeu, mas de uma maneira muito curiosa.

No dia seguinte após Eliana ter rezado a Deus perguntando como podia demonstrar sua devoção, o rabino da sua sinagoga deu um sermão. Contou que, nos tempos remotos, quando o templo ainda estava de pé em Jerusalém, os sacerdotes assavam doze pães como oferenda a Deus. Eles colocavam cada pão em uma prateleira no Templo todos os dias.

De repente, Eliana soube o que podia fazer para Deus.

– Por que não pensei nisso antes! – ela disse a si mesma. – Eu faço o melhor pão da cidade. Posso fazer meu melhor pão e oferecê-lo a Deus, assim como eles faziam no templo. Será o *meu* presente para Deus.

Ela voltou para casa e, nesse mesmo dia, assou dois pães com muito carinho. Era seu melhor pão do *shabat*, o chamado chalá.

O pão de Eliana, porém, não era um chalá qualquer. As pessoas geralmente fazem o chalá com três tiras de massa trançadas. "Três tranças

חלה בארון הקודש

podem ser boas o suficiente para a maioria das pessoas", pensou Eliana, "mas este chalá é para Deus."

Em vez de apenas três tiras de massa, Eliana fez sete tiras, uma para cada dia da semana, e trançou-as formando um desenho intrincado. Antes de dividir a massa em tiras, ela acrescentou uvas-passas para dar uma doçura especial. Amassou a massa por mais de uma hora, até ficar tão leve e fofa que derreteria na boca. Quando saiu do forno, era sem dúvida alguma o chalá mais incrível que alguém já tinha preparado. Estava pronto para ser compartilhado com Deus.

Na manhã seguinte, uma sexta-feira, o dia antes do *shabat*, Eliana levou seus dois incríveis pães para a sinagoga. "Onde será que deixo meus pães?", ela pensou. "Onde deixar o pão que foi feito especialmente para Deus?"

Ela ficou pensando por um bom tempo. Então, lembrou-se da história dos sacerdotes no antigo templo em Jerusalém e decidiu que o melhor lugar para deixar seu chalá seria a Arca Sagrada, o armário na frente da sinagoga onde fica guardado o pergaminho sagrado da Torá.

Quando não havia ninguém olhando, ela abriu as portas da arca e colocou seus dois belos pães ao lado do pergaminho da Torá.

– Deus, aqui está seu chalá para o *shabat* – ela disse. Em silêncio, Eliana fechou as portas da arca. Sem fazer

ruído, atravessou novamente a sinagoga vazia. Então, voltou para casa saltitante.

Pouco tempo depois, outra pessoa entrou na sinagoga. Era Samuel, que viera varrer o chão para que a sinagoga ficasse pronta para o *shabat*. Assim como Eliana, Samuel também era devoto a Deus. Como ela, ele não sabia ler, nem escrever, nem fazer vitrais para as janelas, nem costurar, nem esculpir madeira. Samuel também tentara encontrar um jeito de servir a Deus. No fim, decidira que seu serviço seria varrer o chão da sinagoga toda sexta-feira à tarde para que ficasse limpo para o *shabat*.

Mas naquela semana foi diferente. Samuel perdera o emprego havia poucos dias e agora não tinha dinheiro suficiente para comprar comida para a refeição do *shabat*. Enquanto varria, ele rezava a Deus, desesperado.

– O que vou fazer? – ele perguntou. – Meus filhos estão passando fome, e não tenho dinheiro para comprar chalá para eles comerem no *shabat*. Como posso voltar para casa sem chalá? Por favor, Deus, preciso de um milagre. Confio no Senhor, e vou ficar aqui parado diante da Arca Sagrada e da Torá sagrada, esperando que me diga o que fazer. Por favor, responda-me, Deus. Eu imploro.

Enquanto Samuel rezava em pé, diante da Arca, notou que as portas não estavam bem fechadas. "Que estranho", pensou. Chegou mais perto e, ao fazê-lo, viu que havia algo ao lado do pergaminho da Torá. Samuel olhou à sua volta. A sinagoga estava vazia.

Ninguém veria se ele desse uma espiada lá dentro. Ele deu outro passo e abriu as portas um pouquinho mais. Imaginem só a alegria de Samuel ao ver que ali, dentro da arca, ao lado do pergaminho da Torá, havia não apenas um chalá, mas dois.

חלה בארון הקודש

– Deus seja louvado! – ele exclamou. – Rezei pedindo chalá para o *shabat*, e o Senhor me deu o chalá mais maravilhoso que já vi. Veja só essas tranças! E essas uvas-passas! E que massa leve e fofa! Este chalá é digno de um rei. O Senhor atendeu às minhas preces, Deus. E agradeço do fundo do meu coração.

Dizendo isso, Samuel pegou os pães e os acomodou cuidadosamente embaixo do casaco. Com gratidão, levou o chalá para casa e agradeceu a Deus com sua mulher e seus filhos.

Na manhã seguinte, o *shabat*, Eliana estava sentada na sinagoga durante o culto, se perguntando se Deus estaria contente com os pães que deixara dentro da arca no dia anterior. Será que Deus tinha gostado do sabor doce das uvas-passas? Será que Deus apreciara sua massa fofa e delicada? Será que Deus gostara das sete tranças, uma para cada dia da semana?

Então, ela lembrou que, como parte do culto matinal, o rabino em breve abriria a Arca Sagrada para retirar a Torá. Eliana começou a ficar aflita e preocupada. Quando a arca fosse aberta, seus *chalot* estariam ali, à vista de todos. Isso a deixou incomodada.

Ela não gostava dessa ideia. Era para ser um presente particular para Deus. Eliana sabia que ficaria envergonhada se todos vissem seus pães.

CHALÁ NA ARCA

– Por favor, Deus – ela sussurrou –, o Senhor poderia, talvez, mover os pães um pouquinho para o lado? Só para evitar que alguém veja e pense algo errado. Peço desculpas pelo incômodo.

Vocês já sabem que o nome Eliana significa "Deus, responda-me", e a esta altura provavelmente já entenderam que, na verdade, as preces dela já tinham sido atendidas. Quando o rabino virou-se para abrir as portas da arca, Eliana ficou chocada ao ver que os *chalot* tinham desaparecido completamente. "Deus deve ter comido!", ela pensou.

– Obrigada, Deus – ela quase gritou. – Eu só tinha pedido que o Senhor movesse os pães para o lado, mas o Senhor realmente os levou embora. Espero que meu presente tenha agradado. O Senhor me deu tanta alegria, e, a partir de agora, sei o que fazer. Vou fazer chalá para o Senhor toda semana, e esse será meu presente.

E assim, toda semana, Eliana assava seu chalá especial para Deus. E toda semana, ao colocá-lo dentro da Arca, fazia uma prece especial e agradecia a Deus por permitir que fosse ela a pessoa que preparava o chalá para a mesa celestial. E também toda semana Samuel vinha varrer a sinagoga e rezava a Deus que lhe enviasse o chalá para alimentar sua família. Toda semana, Eliana ia para casa satisfeita por ter dado a Deus um chalá delicioso para o *shabat*; e toda semana

43

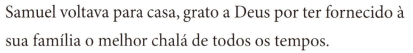

חלה בארון הקודש

Samuel voltava para casa, grato a Deus por ter fornecido à sua família o melhor chalá de todos os tempos.

E assim se passaram trinta anos. Eliana envelheceu, mas sua maior alegria ainda era assar o chalá para Deus toda semana. Samuel envelheceu também, mas continuou varrendo o chão da sinagoga todas as tardes de sexta, e sempre pegava o chalá que esperava por ele dentro da arca.

O rabino também estava ficando velho, ainda mais velho que Eliana ou Samuel. E, quanto mais velho ficava, mais tinha dificuldade para dormir. Muitas vezes, levantava-se cedo e acabava entrando na sinagoga. Sentava-se à sombra de um dos arcos e esperava o sol nascer e brilhar pelos vitrais das janelas, desenhando formas no chão. E então ficava pensando e fazendo suas orações enquanto o sol nascia e o dia começava ao seu redor. Assim, numa sexta-feira bem cedinho, o rabino estava sentado na sinagoga, à sombra de um arco, fazendo suas orações e pensando no dia que teria pela frente, quando ouviu alguém abrir as portas pesadas.

Ainda era muito cedo. "Quem poderia estar vindo à sinagoga antes de o dia começar?", o rabino se perguntou. Ele não se mexeu, apenas ficou escutando com atenção. Ouviu alguém andando direto até a arca. Olhou para cima e viu uma mulher com a cabeça coberta por um lenço, carregando alguma coisa embaixo da capa. Ela avançou lentamente até a arca e, sem se dar o trabalho de olhar em volta, abriu as portas e colocou na prateleira o que quer que estivesse escondendo. Então, o rabino ouviu a mulher sussurrar:

– Aqui está, Deus. Esta semana, coloquei uma coisinha especial na massa. Aproveite o chalá e tenha um ótimo *shabat*.

O rabino se levantou depressa. O que estava acontecendo? Sua cadeira caiu no chão com um estrondo. A mulher, assustada, virou-se para ver quem estava na sinagoga junto com ela.

– Pare! – o rabino gritou. – Quem é você, e o que está escondendo na arca? Este é um lugar sagrado!

Eliana ficou envergonhada. Continuou parada onde estava, sem se mexer.

– Rabino, sou eu… Eliana! – ela disse. – Por favor, não fique bravo comigo. Não tenho nada a esconder. Só estou entregando meu chalá para Deus. Peço perdão por atrapalhar suas orações.

O rabino ficou bastante confuso. Por um instante, não sabia o que dizer. Ele conhecia Eliana, conhecia a família dela, sabia que ela fazia ótimos pães e bolos. Às vezes ela até lhe dava alguns de seus bolos, e eram sempre deliciosos. Mas o que fazia Eliana colocando pão na arca onde se guardava a Torá sagrada? Ele olhou para ela com espanto.

– Minha querida – ele disse, do jeito mais calmo que pôde. – Por que você está colocando o seu chalá na arca? Você faz pães excelentes, mas por que Deus iria querer chalá? O que vai acontecer com o chalá que você deixar aqui? Com certeza vai apodrecer, ou vai ser devorado por ratos!

Eliana começou a se sentir mais corajosa. Lembrou ao rabino o sermão que ele mesmo dera, trinta anos antes, em que contara a história de como os sacerdotes antigamente levavam chalá para o Templo. Eliana explicou que sempre quisera servir a Deus e o sermão lhe dera a ideia de oferecer seu chalá todo *shabat*. Contou então ao rabino que toda semana, depois que ela deixava seu chalá, no dia seguinte a arca estava vazia.

– Deus esteve comendo o chalá que eu faço – disse Eliana. – Se não fosse assim, eu ainda veria os pães aqui todo *shabat*.

A essa altura, o rabino estava ainda mais perplexo.

– Eliana – ele disse numa voz gentil –, você não pode realmente acreditar que é Deus quem está comendo o seu chalá! Deve haver outra

חלה בארון הקודש

explicação. Minha boa mulher, espero que você não tenha passado todos esses anos alimentando um ladrão, ou um bando de ratos!

Eliana sentiu o rosto ficar vermelho e quente. Estava envergonhada e magoada com as palavras do rabino.

– Rezei com tanta devoção, e o senhor verá que Deus realmente atendeu às minhas preces. Ninguém sabe que deixo chalá na arca. E todo *shabat* a Arca está vazia e meu pão desapareceu. Quem mais além de Deus poderia saber? Quem mais poderia estar vindo pegar o chalá?

– Vamos esperar para ver – disse o rabino. Ele tinha *quase* certeza de que havia uma explicação lógica e de que Deus não estava comendo o presente de Eliana. Mas quem mais poderia ter pegado o chalá da arca todos esses anos?

O rabino decidiu que ambos ficariam observando para ver o que aconteceria com o chalá que Eliana deixara. Ele conduziu a mulher até o fundo da sinagoga, e os dois se esconderam entre as sombras e esperaram. Não precisaram esperar por muito tempo. Alguns minutos depois, apareceu Samuel. Trazia consigo sua vassoura, e varreu os ladrilhos da sinagoga com muito amor e cuidado, lustrando-os até brilharem. Então, baixou a cabeça e recitou sua prece semanal de agradecimento.

– Oh, meu Deus – ele murmurou. – O Senhor é tão bom. Agradeço por enviar a mim e à minha família o chalá especial para nossa refeição de *shabat* toda semana. – Então, Samuel deixou a vassoura na porta da sinagoga, andou até a arca e abriu as portas.

Nesse instante, o rabino saiu de seu esconderijo, com Eliana ao lado.

– Então, *existe* uma explicação lógica para o que está acontecendo aqui! – ele exclamou. – Samuel, não é Deus quem faz esse chalá toda semana. Como poderia ser? É apenas a Eliana!

Até este momento na história, nada de especial aconteceu; não houve um milagre, não apareceu nenhum anjo nem sinal algum de Deus. Vocês sabem que o rabino estava certo; Eliana era quem fazia o chalá, e Samuel era quem o comia. Não havia absolutamente nada de milagroso nisso.

Mas esta história tem, sim, um milagre. Um pequeno milagre, o que não o faz menos especial. No exato momento em que o rabino estava dando uma bronca em Samuel, o grande rabino Luria entrou na sinagoga. Por que o rabino Luria, um dos maiores rabinos de todos os tempos, escolheu esse momento para entrar naquela pequena sinagoga? Só Deus sabe, e o milagre é justamente esse. Deus deve ter enviado o rabino Luria para resolver a situação, e foi exatamente isso que esse grande homem fez.

O rabino Luria ficou olhando para os três de longe. Viu como o rabino estava perdendo a paciência. E viu como Eliana e Samuel estavam constrangidos e envergonhados. Ele ouviu o que o rabino disse. Então, saiu das sombras.

– Rabino – disse o rabino Luria –, existe de fato uma explicação lógica para o que tem acontecido aqui nesta sinagoga, e Deus está muito contente com o jeito como as coisas estão. Uma das maiores alegrias de Deus, nos últimos trinta anos, tem sido ver Eliana oferecer seu chalá

חלה בארון הקודש

com amor, enquanto Samuel o recebe com gratidão. Nós, humanos, não podemos conhecer os caminhos de Deus, ou saber o que agrada a Deus.

Então, o rabino Luria virou-se para Eliana e Samuel.

– Vocês dois têm dado uma grande alegria a Deus – ele disse –, e não há motivo para que isso pare de acontecer. Ouçam o que devem fazer. Eliana, você deve continuar preparando seu excelente chalá toda semana, com o mesmo amor e cuidado como tem feito nos últimos trinta anos. Mas, em vez de colocá-lo na arca, deve levá-lo diretamente à casa de Samuel. Prometo que Deus ficará tão contente com isso quanto antes, pois cuidar das outras pessoas é o melhor jeito de servi-Lo. E você, Samuel, deve continuar apreciando o chalá e agradecendo a Deus. Mas, além disso, agradeça também a Eliana, que tem sido uma mensageira de Deus aqui na Terra.

Dizendo isso, o rabino Luria virou-se de costas e saiu da sinagoga, partindo tão subitamente quanto chegara. O milagre havia terminado. Mas pelo resto de suas vidas Eliana assou chalá para Samuel, e Samuel agradeceu a ela e a Deus. E toda semana Deus e os anjos olhavam lá do céu e sorriam.

CÉU E INFERNO

Dizem que, em qualquer época, há trinta e seis pessoas vivas no mundo completamente boas. Elas podem ser muito diferentes umas das outras, levando vidas bem diversas, mas o que todas têm em comum é uma natureza especialmente bondosa e generosa. Elas sempre põem outras pessoas em primeiro lugar e nunca a si mesmas. Só Deus sabe quem são essas pessoas, e sempre que uma delas morre nasce outra para ocupar seu lugar, de modo que haja sempre trinta e seis pessoas boas, especiais, vivendo no mundo. Elas são chamadas de *lamed-vavniks* – que quer dizer "os trinta e seis" em hebraico. Dizem que, por causa delas, Deus permite que o mundo continue existindo. Esta é a história de uma dessas trinta e seis pessoas. Seu nome era Ariella.

Ariella era uma *lamed-vavnik* porque era muito generosa. Simplesmente não conseguia evitar; adorava dar coisas aos outros. Assim como todos os *lamed-vavniks*, Ariella não sabia que era uma pessoa especial.

Mesmo quando criança, já adorava compartilhar. Brinquedos, doces, fitas de cabelo, livros – ela compartilhava tudo o que tinha. E, conforme crescia, sua generosidade aumentava também.

A casinha simples de Ariella estava sempre cheia de visitas – todos que a conheciam a adoravam e vinham procurá-la quando precisavam de ajuda. Ariella era a pessoa a quem recorrer se você estivesse com algum problema ou necessitando de algo. Ela estava sempre doando suas roupas ou sua comida. Doava até os troncos de lenha da sua lareira. Era por isso que sua casa era tão simples – ela doava todas as suas posses para pessoas que precisavam mais do que ela. Por ser tão generosa, ela fazia muitos amigos. Também era uma ótima contadora de histórias. As crianças vinham até ela e ficavam sentadas a seus pés enquanto ouviam, maravilhadas, as histórias que ela contava.

Os anos se passaram e Ariella foi ficando velha e frágil. Certa noite, quando já era quase o momento de partir deste mundo, apareceu um anjo à sua porta.

"Será que estou sonhando?", Ariella pensou.

– Quem é você? – perguntou.

– Meu nome é Eli – o anjo respondeu. – Sou o anjo que visita todos os *lamed-vavniks* no fim da vida para lhes conceder um desejo. Hoje vim aqui conceder a você um único desejo antes de morrer.

– Uma *lamed-vavnik*, eu? Que absurdo! – exclamou Ariella.

– Ah – respondeu Eli –, essa é mais uma prova. Os *lamed-vavniks* nunca sabem que são os escolhidos. Isso mostra que você é verdadeiramente uma *lamed-vavnik*. Você o provou com sua generosidade e humildade. Já que ajudou tantas pessoas, chegou a hora de recompensá-la concedendo-lhe um único desejo para si mesma. Diga o que deseja, e será concedido.

גן עדן וגיהנום

Ariella pensou com calma. Nunca desejara riquezas nem fama, pois sabia que a felicidade não vem daquilo que se tem, mas do que se doa. Por um instante, considerou pedir a paz mundial, mas então compreendeu que as próprias pessoas precisam cultivar a paz, portanto ela não pode ser concedida como um desejo. O que ela queria mesmo era pedir coisas para outras pessoas, mas Eli dissera especificamente que tinha de ser algo para si própria. Por mais que se esforçasse, Ariella não conseguia pensar em nada que desejasse. Mas Eli insistiu e, por fim, ela teve uma ideia. Havia algo que sempre quisera saber. Talvez essa fosse sua chance de descobrir.

– Eu gostaria de ver para onde as pessoas vão depois que morrem – ela disse a Eli. – Você pode me mostrar?

Eli ficou em silêncio por um instante e, então, respondeu:

– Infelizmente, esse pedido não é tão simples. Há dois lugares para onde as pessoas vão depois deste mundo. Se uma pessoa foi cruel e egoísta durante a vida, ela vai para o Inferno; mas, se foi boa e generosa, vai para o Céu. Posso levá-la para visitar esses lugares, mas não fique surpresa com o que vai ver. Talvez não seja o que está esperando. Qual deles gostaria de visitar primeiro?

Ariella pensou por um instante.

– Acho que primeiro eu gostaria de ver o lugar para onde vão as pessoas cruéis e egoístas.

– Muito bem – disse Eli. – Então, vamos visitar o Inferno. Feche os olhos… Vou levar você para lá.

E, dizendo isso, Eli segurou a mão de Ariella e a levou imediatamente para o Inferno.

Quando lá chegaram, Ariella pensou que talvez Eli tivesse se enganado.

– Este não parece ser um lugar aonde as pessoas vêm para ser castigadas – ela murmurou.

Na verdade, parecia justamente o contrário do que imaginara. À sua frente havia um palácio magnífico, com pinturas enfeitando o teto e belos móveis folheados a ouro. Havia jardins repletos de rosas e lírios perfumados e árvores carregadas de suculentas maçãs e peras. Tudo parecia tão lindo; não era o lugar triste e difícil que Ariella pensou que seria.

Enquanto passeavam pelo palácio, Ariella pensou em voz alta:

– Isto tudo é tão bonito… as pinturas, os móveis, os jardins em volta. Eu não entendo! O que poderia ser melhor do que isso?

Mas, então, ela notou uma coisa estranha. Eles tinham chegado ao salão de banquetes, que estava se enchendo de pessoas. À medida que os habitantes do Inferno iam entrando no salão para comer, Ariella viu que pareciam magros e infelizes. Aquilo não fazia sentido – na mesa havia as comidas mais deliciosas que ela já tinha visto: sopas incrementadas cheirando a aça-

גן עדן וגיהנום

frão e especiarias, todo tipo de queijos cremosos, legumes frescos, bolos decorados com delicadas flores de glacê, suculentas frutas exóticas adocicadas e diversos pães quentinhos, recém-tirados do forno. E havia muitíssima comida. A mesa estava lotada, com pratos de dar água na boca. Os habitantes do Inferno tomaram seus lugares à mesa, mas ninguém comeu. Todos ficaram olhando para a comida com olhares famintos, mas ninguém encostou em nada.

– Vamos – disse Eli. – É hora de ir. Agora você já viu o Inferno.

Ariella estava totalmente confusa.

– Por que eles não estão comendo nada? – ela perguntou. – As pessoas aqui são tão magrinhas e parecem ter tanta fome, mas não estão nem encostando na comida. Não entendo isso.

– Olhe com atenção – disse Eli – e você vai entender.

Então, Ariella olhou para a mesa de novo e finalmente viu por que as pessoas eram tão magras e infelizes. Embora houvesse pilhas de iguarias deliciosas na mesa à sua frente, não havia como comer. Todas elas tinham talas de madeira amarradas nos braços e por isso não podiam dobrar os cotovelos, nem mesmo um centímetro. Conseguiam pegar a comida com o garfo e a colher, mas, depois disso, não havia como levar a comida até a boca. Ficavam ali olhando, cheias de vontade, o banquete que estava na frente delas, sem poder experimentar nem sequer um pedacinho.

CÉU E INFERNO

– Que horrível! – exclamou Ariella. – Essas pobres pessoas estão vendo essa comida deliciosa, estão sentindo o cheiro, mas não podem comer nada. É por isso que parecem tão infelizes!

Eli olhou para Ariella com ternura.

– Não se esqueça – ele disse – de que, quando eram vivas, essas pessoas nunca compartilhavam nada com os outros. Elas tinham uma fartura de coisas para si mesmas, mas escolheram não dividi-las. Aqui elas também têm fartura, mas, como se recusaram a compartilhar com as outras enquanto estavam vivas, não sabem fazer isso agora. É uma punição justa, pois foram elas que causaram isso.

Ariella comentou, triste:

– Que pena. Elas estão sentadas no meio dessa fartura e lentamente morrendo de fome. Eu gostaria de ir embora deste lugar, por favor. Podemos ir ver o Céu agora?

– Feche os olhos, vou levá-la até lá – respondeu Eli.

Novamente, ele segurou a mão dela. Então ele a levou para outro lugar, muito parecido com o que eles tinham acabado de deixar. Também havia pinturas no teto e móveis dourados do mais belo artesanato. E também havia uma mesa de banquete, repleta de todo tipo de iguarias com cheiros deliciosos. Enquanto Ariella observava, um grupo de pessoas veio comer no salão, assim como acontecera no Inferno. A diferença era que essas pessoas pareciam saudáveis e bem alimentadas. Estavam felizes e conversavam à medida que iam sentando nas cadeiras para apreciar a maravilhosa refeição servida diante delas.

– Esta comida, num lugar lindo como este, é exatamente o tipo de recompensa que eu esperaria que Deus desse às pessoas que foram bondosas com as outras – disse Ariella. – Aqui as pessoas estão felizes, podem comer o quanto quiserem, e a comida é incrível!

– Olhe de novo – Eli sussurrou – e, desta vez, preste muita atenção. O que há de diferente no Céu?

Ariella olhou à sua volta, as pessoas conversando e rindo e aproveitando o banquete. Viu que todas elas também tinham talas nos braços e, portanto, não podiam dobrá-los. Então, o que tornava aquelas pessoas tão diferentes das que habitavam o Inferno? Como podiam ser tão felizes e parecerem tão bem alimentadas? Como conseguiam se divertir? Ela olhou com mais atenção, estudando a cena diante de si.

– O mesmo palácio, a mesma comida, as mesmas talas, tudo igual – ela murmurou a si mesma. – Qual é a diferença?

– Não olhe para a comida – aconselhou Eli. – É a mesma. Os mesmos desafios e as mesmas oportunidades existem tanto no Céu como no Inferno. Olhe mais de perto. Veja o que as pessoas estão fazendo.

Ariella fez o que Eli pediu e foi então que viu a pequena mas importante diferença entre o Céu e o Inferno: embora as pessoas no Céu também não pudessem dobrar os cotovelos, cada uma delas pegava a comida e depois esticava o braço para alimentar a pessoa à sua frente. Ninguém estava passando fome. Elas estavam alimentando umas às outras – e estavam se divertindo. Quando alguém derrubava comida do garfo ou não conseguia acertar a boca da outra pessoa na primeira tentativa, elas simplesmente

davam risada e tentavam de novo. Era uma brincadeira. Ninguém estava irritado, e todos estavam recebendo comida suficiente.

– Agora entendo – disse Ariella. – Era uma tortura para as pessoas no Inferno. Elas estavam ali sentadas diante de um maravilhoso banquete, mas não podiam comer nada porque tentavam, em vão, colocar a comida na própria boca. Nunca aprenderam a compartilhar quando estavam vivas, por isso nem lhes ocorria a ideia de alimentar as pessoas do outro lado da mesa, em vez de a si mesmas. Elas sofriam no Inferno por terem sido tão egoístas em vida.

– Sim – disse Eli. – Agora você viu a tragédia do Inferno e o segredo do Céu.

– Entendo – Ariella respondeu. – Os habitantes do Céu são exatamente como os do Inferno. Têm os mesmos problemas e a mesma fome. Têm talas nos braços também e a mesma dificuldade de se mexer. A única diferença é que passaram a vida sendo generosos com os outros. Por isso, quando se sentam à mesa, começam alegremente a alimentar a pessoa sentada à sua frente. As pessoas no Céu não precisam dobrar os cotovelos porque sabem compartilhar as dádivas de Deus.

Eli sorriu.

– É por isso que você é uma *lamed-vavnik*, querida Ariella. Você entende a alegria de dar e compartilhar. Você será feliz no Céu quando chegar sua hora. Até esse momento, será que você pode compartilhar esse segredo com os outros e ensiná-los a ser tão generosos quanto você foi?

Ariella voltou para casa, e Eli voltou para o Céu. Em seus últimos dias de vida, Ariella continuou sendo boa e amorosa, compartilhando sua comida, suas roupas e tudo o que possuía. Mas a coisa mais importante que ela compartilhou foi a história de sua visita ao Céu e ao Inferno e a lição que aprendera ali.

– O Céu e o Inferno não são apenas lugares para onde uma pessoa vai depois que morre – ela contava às crianças sentadas aos seus pés. – Eles também são parte de como cada um de nós olha para o mundo a cada dia. Pessoas que compartilham e estendem a mão para as outras já estão a meio caminho do Céu, enquanto aquelas que são egoístas, obcecadas por suas próprias necessidades, estão vivendo o Inferno na Terra, mesmo antes de morrer.

Quando a hora de Ariella chegou, ela foi direto para o Céu, é claro, pois, como vocês já viram, ela foi generosa e sempre colocou os outros acima de si mesma. Por uma fração de segundo, o mundo teve apenas trinta e cinco pessoas especialmente boas. Então, um novo *lamed-vavnik* nasceu para ocupar o lugar dela. Esse novo bebê cresceria com um coração bom e generoso, como Ariella.

Quanto a Ariella, mesmo depois de sua morte, as pessoas comentavam como ela tinha sido boa e amada. Não se esqueceram dela. E essa é a outra coisa que acontece quando alguém é amoroso e generoso: esse alguém é lembrado por todos que o conheceram. Desse modo, não só elas continuam vivas no Céu, mas sua memória também continua viva na Terra.

A INTELIGÊNCIA DE RAQUEL

Toda criança é especial. Algumas crianças são bonitas, outras são talentosas, outras ainda são fortes e algumas bondosas. Geralmente, leva algum tempo até se descobrir o dom que Deus deu a uma criança. Mas esta história é sobre uma menina cujo dom especial ficou claro para todo mundo desde o dia em que nasceu. Essa menina se chamava Raquel.

Quando Raquel ainda era um bebê, sua mãe já havia notado como ela era inteligente. Certa manhã, ao tirá-la do berço, viu que Raquel tinha alinhado seus blocos de letras formando as palavras "sol", "mel", "voz" e "pia", todas enfileiradas na cabeceira do berço.

– Que menininha inteligente você é! – a mãe exclamou. E desceu para contar isso ao marido, dono de uma estalagem naquela pequena cidade.

– Que bobagem – respondeu o pai de Raquel. – É só uma coincidência! Os blocos devem ter caído assim por acaso.

O homem não conseguia acreditar que eles tinham tido uma filha tão brilhante.

Quando Raquel começou a ir à escola, sua professora logo percebeu que aquela garotinha tinha uma inteligência extraordinária. Escreveu no primeiro boletim de Raquel: "Ela é, de longe, a criança mais inteligente que já tive como aluna. Não tenho nenhuma dúvida de que fará grandes coisas no futuro."

O pai de Raquel leu o boletim e virou-se para a esposa.

– Sei que Deus deu à nossa filha o dom de uma mente muito aguçada – ele disse. – Mas o que realmente importa na vida não é quanta inteligência você tem, e sim quanta bondade. Temos de garantir que ela seja uma pessoa boa e também atenciosa. Ela deve sempre se lembrar de ajudar os necessitados.

A mãe de Raquel concordou com a cabeça. Ela e o marido eram pessoas boas, e sua estalagem era um lugar de acolhimento e hospitalidade para todos os visitantes, portanto não seria difícil para eles mostrar à filha como ser uma boa pessoa.

Conforme Raquel cresceu, aprendeu a cuidar dos forasteiros que paravam na estalagem para passar a noite. Aprendeu a perceber quando estavam doentes ou quando visitantes idosos estavam cansados e precisavam de cuidados especiais. Sempre cuidava para que as crianças se sentissem seguras e tivessem tudo o que queriam. Todos os que visitavam a estalagem apreciavam os dons especiais de Raquel, e todos os moradores da cidade sabiam da sorte de ter uma pessoa tão boa e tão inteligente vivendo entre eles.

Certo dia, um mensageiro do rei apareceu na cidadezinha. Os cascos de seu cavalo estalavam nas ruas de pedra quando ele passava. Freando a montaria, o mensageiro pulou do cavalo e leu em voz alta o decreto do rei.

– Sua Alteza Real decidiu se casar com a mulher mais inteligente do reino. Todas as jovens solteiras que sejam especialmente inteligentes devem se apresentar a mim imediatamente – ele anunciou.

רחל החכמה

Nesse momento, os pais de Raquel entenderam por que Deus dera a sua filha aqueles dons especiais. Ela seria rainha! Eles disseram ao mensageiro que a filha era excepcionalmente inteligente, e então levaram Raquel até ele.

– Por ordem do rei, tenho três perguntas para testar sua inteligência – disse o mensageiro. – Qual é a coisa mais veloz do mundo? Qual é a coisa mais rica? E qual é a coisa mais preciosa?

Raquel respondeu sem pestanejar:

– A coisa mais veloz é o Pensamento, a mais rica é a Terra, e a mais preciosa é o Amor.

O mensageiro soube imediatamente que havia encontrado a mulher certa. Voltou a galope direto para o palácio e gritou para o rei:

– Achei! Achei! Encontrei a mulher mais inteligente do reino para você!

Mas o rei não estava totalmente convencido, mesmo depois de ouvir as respostas de Raquel às suas três perguntas.

– Eu gostaria de ver essa mulher pessoalmente – ele disse. – E darei a ela uma tarefa mais difícil para que possamos descobrir se ela é mesmo tão inteligente quanto parece. Se realmente for, eu me casarei com ela sem demora.

O mensageiro voltou em seu cavalo para a cidadezinha onde Raquel morava e transmitiu a ordem do rei:

– Você está convocada por Sua Alteza Real a se apresentar no palácio daqui a uma semana, sem chegar a pé nem montada, sem estar vestida nem despida e levando um presente que não é um presente.

Quando os pais de Raquel ouviram aquele estranho pedido, imploraram a ela que não fosse.

– Minha querida, como você vai cumprir esta ordem tão absurda? – disse sua mãe.

– E sabe-se lá o que o rei vai fazer com você se você não conseguir! – resmungou o pai.

Mas Raquel apenas sorriu e disse a eles que não se preocupassem. Foi buscar as poucas coisas de que precisava, e partiu na direção do palácio.

O rei estava à espera. Avistou Raquel de longe e saiu andando para recebê-la. Quando ela se aproximou, ele sorriu. Até agora, tudo parecia bem. Ela estava montada numa cabra, com um pé arrastando no chão. "Hummm, muito inteligente", ele pensou. "Não está andando a pé nem está totalmente montada." Então, ele olhou para ver como ela estava vestida e notou que Raquel não usava roupas, mas estava embrulhada em uma rede de pesca. "Gosto desta mulher", ele disse a si mesmo. "Quem mais teria conseguido chegar nem vestida nem despida? Agora vamos ver se ela trouxe um presente que não é um presente."

Quando Raquel chegou diante do rei, olhou nos olhos dele e viu que era um homem bom. Entendeu que ele fizera aqueles estranhos pedidos porque estava procurando uma companheira tão inteligente quanto ele, e que estava cansado da solidão. Decidida a se casar com ele, Raquel entregou-lhe o presente, escondido dentro de suas mãos em concha.

– Sua Alteza – ela murmurou –, um presente para você.

Mas, quando o rei esticou os braços para pegar o presente de Raquel, ela abriu as mãos e uma pomba branca saiu voando por entre seus dedos para os galhos de uma árvore. O rei entendeu que Raquel trouxera um presente, mas era um presente que ele não podia

רחל החכמה

guardar. Vendo a pomba voar para longe, ele sorriu e estendeu a mão para Raquel.

– Quer se casar comigo e ser minha rainha? – ele perguntou.

– Sim, Sua Alteza. Eu quero – Raquel respondeu.

O rei segurou a mão de Raquel e olhou nos olhos dela.

– Há uma única condição – ele disse. – Agora sei o quão inteligente você realmente é. Apesar disso, você nunca deverá questionar nenhuma das minhas decisões.

Parecia uma condição estranha para o casamento, mas Raquel concordou, e a cerimônia aconteceu logo depois. Raquel e o rei viveram juntos e foram felizes por um bom tempo. Mas, certo dia, ela estava passeando no bosque quando viu um homem pobre sentado à beira da trilha, chorando.

– O que aconteceu? – ela perguntou.

O homem sabia que ela era a rainha e ficou com medo, mas o olhar bondoso de Raquel e sua voz gentil lhe deram coragem para responder.

– Minha família tem muito pouco dinheiro – ele começou a falar –, mas temos um cavalo, uma égua. Quando ela ficou prenha, foi uma felicidade enorme. Agora teríamos um segundo cavalo, que poderíamos vender para comprar comida. Mas, quando a égua finalmente deu à luz, estava deitada embaixo da carroça de outra pessoa, por isso agora o potro pertence a essa pessoa. Pertence a essa pessoa porque veio da carroça dela.

Raquel ficou confusa. Franziu a testa.

– Que bobagem absurda – ela exclamou. – Quem foi que tomou essa decisão tão ridícula?

O homem baixou os olhos.

– É a decisão do rei, senhora – disse ele. – Ninguém pode questionar.

Raquel pensou em silêncio por um instante.

– É verdade que ninguém pode questionar as leis do rei, mas isso não significa que o rei não possa mudar de ideia sozinho. Venha me encontrar

aqui amanhã, ouça com muita atenção o que vou dizer e faça tudo o que eu disser.

No dia seguinte, Raquel voltou ao bosque com uma vara de pesca. O homem pobre estava esperando por ela. Ela lhe deu a vara e disse a ele para ir até o palácio e jogar a linha por uma janela aberta, de modo que o anzol e a linha entrassem pela janela para dentro do palácio. Disse ao homem que ficasse ali parado, fingindo que estava pescando.

O pobre homem não conseguiu entender o sentido daquilo, mas seguiu as instruções de Raquel. Ficou parado em frente ao palácio com sua vara de pesca a manhã inteira, até que o rei olhou pela janela e o viu. Era uma cena ridícula: um homem pescando, com a linha passando por cima do parapeito da janela e caída no chão de mármore do palácio.

– Que diabos está acontecendo? – perguntou o rei. – Nunca vi uma coisa tão estúpida na minha vida!

O homem estremeceu ao ver a fúria do rei, mas respondeu à pergunta.

– Estou esperando surgirem peixes do chão. Afinal, um cavalo nasceu da carroça de alguém, assim pertencendo a essa pessoa e não a mim. Se isso é mesmo verdade, então qualquer peixe que pular do chão de Vossa Alteza para a minha vara de pesca será meu.

O rei entendeu na mesma hora o que estava acontecendo e quem provavelmente era a autora daquela ideia.

– Raquel! – ele gritou. Só a esposa dele poderia ter tramado uma coisa dessas, ensinando ao homem o que dizer.

Quando a rainha apareceu, o rei a tomou nos braços.

– Quando nos casamos, você aceitou que não questionaria minhas decisões – ele disse com uma voz triste. – Agora você quebrou sua promessa, que era a condição do nosso casamento. Você deve deixar o palácio imediatamente e para sempre. Mas, devido ao meu grande amor por você, vou permitir que leve uma única coisa. Escolha qualquer coisa, o que for mais precioso para você, e vá embora.

רחל החכמה

Então, o rei virou as costas para que Raquel não visse suas lágrimas. Fugiu para seus aposentos e não desceu mais naquele dia, pois não podia suportar a visão de sua amada esposa indo embora.

No entanto, Raquel não partiu imediatamente. Como de costume, estava pensando. Quando anoiteceu e o rei caiu num sono profundo, Raquel andou na ponta dos pés até a cama dele e o embrulhou num cobertor. Dois criados, então, levantaram seu mestre da cama com muito cuidado e o carregaram para fora do quarto, colocando-o delicadamente dentro de uma carruagem, ao lado da rainha. Quando o rei despertou na manhã seguinte, olhou para cima e viu as árvores do bosque e sua mulher sentada bem ao seu lado.

– Raquel, minha querida – ele exclamou. – Achei que não veria você nunca mais! Mas aqui estamos nós, e o que estou fazendo aqui? Você me desobedeceu outra vez?

Raquel olhou no fundo dos olhos dele.

– Eu não pretendia desobedecer da primeira vez e certamente não desobedeci de novo. Você disse que, ao partir do palácio, eu poderia levar a coisa mais preciosa e foi exatamente o que fiz. Você, meu querido, é a coisa mais preciosa do mundo para mim. Posso viver sem o palácio e posso viver sem ser rainha, mas não posso viver sem você. Por isso, *você* foi o que escolhi trazer comigo.

Nesse momento, o rei entendeu como tinha sido tolo.

– Volte para casa comigo, minha querida – ele disse –, e viveremos juntos no palácio para sempre.

Assim que chegaram ao palácio, o rei emitiu três decretos. O primeiro era que o homem pobre deveria receber seu potro de volta. O segundo era para assegurar que a rainha poderia e deveria contrariar as decisões do rei se ele estivesse errado. E o terceiro era para nomear Raquel como Grande Juíza e Chanceler, pois não apenas era uma mulher sábia, mas também a pessoa mais generosa e a que melhor compreendia os pobres em todo o reino.

O ERRO PERFEITO

Era uma vez um rei que tinha um belíssimo diamante, seu mais precioso tesouro. Esse diamante era perfeito em todos os aspectos. A cada manhã, o rei o retirava de sua caixa forrada de veludo e o levantava contra a luz para contemplar seu brilho. O diamante era tão perfeito que, ao ser segurado do jeito certo, repartia a luz em todos os seus diferentes tons, projetando um arco-íris perfeito na parede. E o rei dizia a si mesmo: "Como sou abençoado por ter um diamante perfeito e um arco-íris perfeito para olhar toda manhã." Essa era sua maior felicidade.

Havia uma única coisa que o rei amava mais que seu diamante: sua filha, a princesa. Toda manhã, ela vinha admirar junto com ele o diamante e o arco-íris projetado. A princesa ficava encantada com as diversas cores que radiavam do diamante, criando arco-íris brilhantes nas paredes do palácio.

– Pai… veja! – ela dizia. – Estou vendo vermelho, laranja, amarelo, verde, azul, anil e violeta. Você também está vendo?

O ERRO PERFEITO

– Sim, minha querida – ele respondia. – Estou vendo todos eles. São arco-íris perfeitos, e você também é.

Então, o rei e a princesa embrulhavam cuidadosamente o diamante perfeito e o guardavam em sua caixa aveludada para que não sofresse nenhum dano. Faziam isso todas as manhãs e esse era o momento mais feliz do dia.

Certa manhã, o rei e sua filha retiraram o diamante e o seguraram contra a luz para criar um arco-íris.

– Olhe, pai... estou vendo vermelho, laranja, amarelo, verde, azul... mas, veja, o que é isso? Aconteceu alguma coisa!

Ambos estreitaram os olhos e observaram o diamante com atenção. A princesa estava certa: de fato, havia algo diferente. Em vez de um arco-íris perfeito projetado por um diamante perfeito, havia uma rachadura na pedra e agora o arco-íris estava torto.

– Oh, não! – ambos exclamaram. – O que aconteceu com nosso diamante perfeito que fazia arco-íris perfeitos?

Eles ergueram a pedra contra a luz e olharam mais de perto. Examinando juntos, descobriram uma rachadura muito fina, como um fio de cabelo. Era quase invisível, mas o rei ficou agoniado.

– O que vamos fazer? – ele gritou. – Meu diamante perfeito está arruinado. Não é mais perfeito! Não vamos mais poder fazer arco-íris.

A princesa tentou consolá-lo.

– Pai, quase nem dá para perceber – ela disse. – E, veja, o arco-íris ainda está ali e continua muito bonito.

O rei não quis lhe dar ouvidos. Nada era capaz de consolá-lo.

– Não é mais perfeito – ele gemia. Então, voltou para seus aposentos e se recusou a sair.

אין מושלם יותר מחוסר שלמות

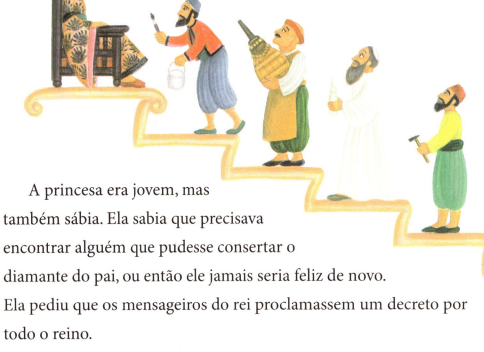

A princesa era jovem, mas também sábia. Ela sabia que precisava encontrar alguém que pudesse consertar o diamante do pai, ou então ele jamais seria feliz de novo. Ela pediu que os mensageiros do rei proclamassem um decreto por todo o reino.

– Quem for capaz de consertar o diamante do rei ganhará uma recompensa incrível e fabulosa – eles anunciaram. O decreto foi lido em voz alta em cada praça de cada cidade e de cada vilarejo do reino.

Quando as pessoas souberam da recompensa, vieram dos quatro cantos para tentar consertar a rachadura no diamante. Primeiro veio um artesão e colou a rachadura, mas ela ainda era visível. Depois veio um ferreiro e aqueceu o diamante para fundir a rachadura, mas ela não desapareceu. Então, veio um especialista em pedras preciosas para polir o diamante até a rachadura sumir, mas isso também não funcionou. A princesa começou a perder as esperanças de que alguém seria capaz de consertar o diamante.

E, então, numa manhã fria de inverno, uma velha senhora chegou aos portões do palácio.

– Ouvi dizer que vocês têm um diamante precisando de conserto – ela disse à princesa. – Mostre-me e verei o que posso fazer.

O ERRO PERFEITO

A princesa foi buscar o diamante na caixa de veludo e o levantou com cuidado.

– A senhora consegue consertar esta rachadura? – ela perguntou.

– Sei muita coisa sobre diamantes – a mulher respondeu – e como eles podem deixar nossa vida mais colorida se forem segurados do jeito certo. Talvez eu possa ajudar.

A princesa ficou muito feliz. Mas, então, a mulher acrescentou:

– Vou precisar levar o diamante para minha oficina por um ano inteiro, e ninguém deve me seguir nem me assistir trabalhando.

A princesa sentiu suas esperanças murcharem tão depressa quanto haviam surgido.

Um ano era muito tempo. Será que a mulher realmente ia trazer o diamante de volta? A princesa começou a se perguntar se podia confiar nela. Por que ela precisava ficar sozinha com o diamante?

– Por que a senhora não pode trabalhar aqui, na oficina real? – perguntou.

– Não – disse a mulher. – Sua oficina pode até ser grande e bem equipada, mas precisarei ficar sozinha na minha própria oficina se você quiser que eu restaure o diamante do seu pai.

A princesa foi obrigada a aceitar as condições da mulher.

71

אין מושלם יותר מחוסר שלמות

O ano passou devagar. O rei e a princesa sentiam falta do diamante e da alegria que ele proporcionava. Sentiam saudade das manhãs em que podiam tirar a pedra da caixa e segurá-la contra a luz para ver os arco-íris dançando nas paredes do palácio. Mas o dia combinado para ir buscar o diamante finalmente chegou, e pai e filha partiram para a vila onde ficava a oficina da mulher.

Chegando à vila, eles andaram até uma pequena cabana cercada por um lindo jardim murado, com flores trepadeiras que escalavam os muros. Eles bateram à porta e a mulher veio atender imediatamente.

– Você consertou meu diamante? – o rei perguntou, ansioso.

– Consertei, Sua Alteza – a mulher respondeu. – Seu belo diamante está perfeito outra vez.

O rei ficou tão entusiasmado que mal conseguiu se conter.

– Deixe-me vê-lo! Deixe-me vê-lo! Não aguento esperar para fazer de novo um arco-íris perfeito com ele!

A mulher lhe entregou a caixa aveludada, sussurrando suavemente:

– Lembre que há muitos caminhos para a perfeição, meu rei.

Com muito cuidado, o rei tirou o diamante da caixa e o levantou para admirá-lo em toda a sua perfeição. Ficou horrorizado ao ver que a rachadura ainda estava lá. Então, gritou, furioso:

– Sua demônia! O que fez todo este ano? Você não consertou meu diamante coisíssima nenhuma. Veja só, a rachadura ainda está aqui!

A mulher não ficou constrangida. Nem parecia envergonhada, e respondeu com muita calma:

– Eu nunca disse que poderia consertar a rachadura, Sua Alteza. Nenhum ser humano é capaz disso. Está além do nosso poder.

O rei ficou ainda mais zangado.

– Então, me diga – berrou –, me diga exatamente *o que* você ficou fazendo com meu diamante por um ano inteiro? Por que disse que poderia ajudar se isso não era verdade?

– Ah! – respondeu a mulher. – Mas eu consertei *sim* seu diamante. Olhe de novo, com muita atenção… e, desta vez, olhe além da rachadura.

O rei levantou o diamante mais uma vez. A rachadura ainda estava ali. Ele ficou confuso e, então, se lembrou das últimas palavras da mulher: "Olhe além da rachadura." Examinando o diamante, o rei de repente viu que a rachadura se transformara na rosa mais bonita que ele já tinha visto na vida, brotando de dentro da pedra. Ficou de queixo caído quando entendeu o que a mulher fizera.

– Pois, então – ela explicou –, é impossível consertar uma rachadura num diamante. Por isso, em vez de tentar, passei este ano inteiro gravando pétalas na ponta de um caule minúsculo. Não há nada de errado com seu diamante. Essa rachadura, Sua Alteza, não é um defeito, é o caule perfeito de uma rosa perfeita. Não pude consertar a rachadura, mas, em vez disso, consertei o diamante para que fosse possível ver a rosa dentro dele.

– Agora vejo o que você fez – disse o rei. – Meu diamante perfeito está ainda mais perfeito do que antes. A rosa que você gravou dentro dele é extraordinária.

Quando o rei ergueu o diamante mais uma vez para examinar sua perfeição imperfeita, a luz projetou um arco-íris na parede da cabana da mulher.

אין מושלם יותר מחוסר שלמות

Enquanto o pai admirava a rosa entalhada, a princesa olhou pela janela e percebeu que havia algo de curioso nos muros do jardim. Observando bem, notou pela primeira vez que as flores que cresciam trepando nos muros não eram flores de verdade, mas sim imagens pintadas com muito capricho.

– Veja, pai – ela disse. – Estes muros são como o seu diamante. Cada rachadura tem pétalas pintadas para formar uma flor. Poderia ser apenas um velho muro rachado, mas foi transformado em um lindo jardim.

– Sim, minha querida – disse a mulher. – Foi por isso que precisei consertar o diamante aqui, na minha velha casa toda rachada. O palácio de vocês é perfeito demais. Quando estou em um lugar que já é perfeito, como posso achar a inspiração necessária para tornar o mundo melhor? Só na minha oficina, com todas estas rachaduras, é que eu poderia descobrir como consertar o diamante. Passei o ano inteiro praticando, transformando em flores as rachaduras no muro do jardim. Foi só na semana passada que me senti pronta para gravar pétalas no seu precioso diamante.

O rei e a princesa então entenderam que a mulher não havia apenas consertado seu diamante; ela tinha lhes ensinado toda uma nova maneira de ver o mundo. Quando eles estavam prestes a ir embora, ela lhes deu mais um último conselho.

– Todos devemos olhar para as coisas que amamos e aceitar que seus defeitos as tornam únicas e especiais. São justamente esses defeitos e rachaduras que podem nos inspirar a criar mais beleza no mundo.

O rei olhou para a filha, e ela olhou para ele. Os dois sabiam como amavam um ao outro, não apesar de seus defeitos, mas justamente por causa deles. A partir desse dia, ambos juraram que parariam de tentar mudar o que não pode ser mudado e, em vez disso, iriam valorizar as imperfeições do mundo. Eram as imperfeições que tornavam cada objeto – e, na verdade, cada ser humano também – único e perfeito.

SINAIS E SÍMBOLOS

ARCA

Uma arca serve para proteger coisas preciosas. Na história de Noé e o Dilúvio, as pessoas e os animais foram carregados em segurança por sobre as águas na arca de Noé. Em sua longa jornada até a Terra Prometida, o povo judeu carregou consigo seu pertence mais precioso, a Torá, seus escritos sagrados, em um pequeno armário de madeira chamado de arca. Hoje, os judeus usam essa palavra para se referir ao lugar na sinagoga onde fica guardada uma cópia do pergaminho original da Torá.

ARCO-ÍRIS

Na história bíblica de Noé e o Dilúvio, o dilúvio (enchente) aconteceu porque havia violência demais no mundo. Deus queria que as pessoas vivessem em paz. O símbolo da violência era um arco e flecha (não existiam revólveres nem bombas naquela época). Depois do dilúvio, Deus prometeu nunca mais usar violência. Deus pegou um símbolo de violência (um arco), acrescentou várias cores bonitas e o colocava no céu sempre depois das chuvas, para nos lembrar dessa promessa.

BAR MITSVÁ OU BAT MITSVÁ

Ao completar treze anos de idade, considera-se que uma criança judia virou um membro adulto de sua comunidade, e ela pode começar a participar totalmente das orações e dos cultos. Muitas vezes, há uma cerimônia para assinalar e celebrar a primeira vez que uma criança judia preside as orações da congregação e reza em voz alta lendo o pergaminho da Torá. Essa cerimônia é chamada de *bar mitsvá* para meninos e *bat mitsvá* para meninas.

CHALÁ

Como parte da refeição do *shabat*, os judeus comem um pão trançado especial chamado chalá. Ele relembra o dom bíblico do maná, o pão que Deus fornecia a cada dia para os israelitas comerem em seu caminho até a Terra Prometida. Ele também lembra os judeus dos doze pães que eram guardados no Templo em Jerusalém — um pão para cada uma das doze tribos de Israel.

O chalá é feito de vários pedaços de massa, mostrando a união das pessoas ao redor do mundo e como o *shabat* pode nos ajudar a nos aproximarmos.

LAMED-VAVNIK

A letra hebraica *lamed* [ל] representa o número 30, enquanto a letra *vav* [ו] representa o número 6. Juntos, *lamed* e *vav* representam o número 36 [ול]. Na tradição judaica, diz-se que, em qualquer época, há 36 pessoas vivas no mundo completamente boas de quem o resto do mundo depende. (A terminação *-nik* vem da palavra iídiche para "pessoa", por isso um *lamed-vavnik* é literalmente "uma pessoa que é uma das 36".)

LETRAS HEBRAICAS

A tradição judaica afirma que Deus escreveu cada palavra da Torá. Portanto, cada palavra e cada letra é parte de nossa conexão com Deus.

SINAIS E SÍMBOLOS

MAGGID
Um *maggid* era um contador de histórias que viajava de vila em vila compartilhando histórias e lendas da tradição judaica.

MENORÁ
No Templo em Jerusalém, um candelabro dourado de sete braços, chamado de menorá, ficava no altar, e as sete lamparinas ardiam continuamente. Cada um dos sete braços representava um dos sete dias da criação, e o fogo representava a eterna presença de Deus. Quando os romanos conquistaram Jerusalém e destruíram o Templo no ano 70 d.C., roubaram o menorá dourado e o carregaram de volta para Roma. No Arco de Tito, no Fórum Romano, ainda se pode ver a imagem que eles esculpiram do menorá e de seu desfile da vitória.

NE'ILAH
A palavra *Ne'ilah* literalmente significa "fechamento". É o nome dado ao culto final no dia do Yom Kippur. O termo nomeia duas coisas: um antigo ritual em que os portões do templo em Jerusalém eram fechados ao fim de cada dia, e o momento final do Yom Kippur, em que os portões celestes da misericórdia se fechavam, selando o destino de todos para o ano que tinham pela frente.

POMBA
Na história bíblica de Noé e o Dilúvio, quando a chuva finalmente para, Noé envia uma pomba branca para procurar terra seca. A pomba encontra um lugar onde Noé e sua família podem ficar em segurança e em paz. Em hebraico, a palavra usada para designar pomba é *Jonah* (Jonas), que também é o nome de um profeta famoso que foi engolido por uma baleia. Ninguém sabe o que aconteceu com o profeta Jonas no fim de sua vida, e por isso a pomba tornou-se não apenas um símbolo de paz, mas também de enigmas e incertezas.

RABINO
A palavra hebraica *rabbi* (rabino) significa literalmente "meu professor". Os rabinos se tornaram os líderes da comunidade judaica depois que o templo em Jerusalém foi destruído e os antigos líderes, os sacerdotes, perderam sua autoridade. Para se tornar um rabino, uma pessoa precisa estudar por muitos anos e passar em muitos exames. Quando os rabinos concluem sua formação, seus professores põem as mãos sobre seus ombros e declaram publicamente que agora eles são líderes da comunidade.

RECORTES DE PAPEL
Como cada letra é vista como preciosa, muitas formas de arte judaica se desenvolveram usando as letras hebraicas. A arte de recortar papel está entre as tradições artísticas judaicas clássicas. As margens deste livro são baseadas em recortes de papel que a ilustradora criou para simular essa forma de arte.

ROSA
No livro da Bíblia conhecido como Cântico dos Cânticos, a rosa é chamada de *shoshana*. Ela é um símbolo de amor e também um nome comum em hebraico (como "Rosa" também é em português).

77

סימנים וסמלים

SHABAT

O *shabat* é um dia de descanso que é celebrado desde o pôr do sol da sexta-feira até o pôr do sol do sábado. É iniciado com um jantar de celebração na noite de sexta-feira. As famílias judias acendem duas velas antes de comer. Então, abençoam o vinho e os dois pães de *shabat*, chamados chalá.

em chamas. Quando o povo judeu fugiu do Egito, Deus apareceu como um pilar de fogo para lhes mostrar o caminho. No antigo Templo em Jerusalém, um fogo era mantido aceso o tempo todo. Para marcar o início do *shabat*, os judeus tradicionalmente acendem duas velas, e cada sinagoga tem uma lamparina que permanece acesa o tempo todo para mostrar que o calor e a luz de Deus estão sempre presentes nas nossas vidas.

TALLIT E TZITZIT

Durante as orações, os judeus adultos vestem um xale de oração retangular, o *tallit*, que tem franjas chamadas *tzitzit* nos cantos. O *tzitzit* contém nós complexos que servem para lembrar os judeus dos mandamentos divinos.

TORÁ

De acordo com a tradição judaica, Deus escreveu as palavras da Bíblia em tabuletas de pedra e as entregou a Moisés no monte Sinai. Embora as tabuletas de pedra originais tenham se perdido, ao longo dos séculos, escribas copiaram à mão as palavras delas em rolos de pergaminho, que são guardados enrolados e cobertos dentro da Arca da Torá em cada sinagoga.

VELAS/FOGO

O fogo sempre foi uma das representações da presença de Deus na cultura judaica. Deus apareceu para Moisés em um arbusto

YOM KIPPUR

Também chamado de Dia do Perdão, é um dia muito especial no calendário judaico. A tradição judaica exige que, para ser perdoada por Deus neste dia, uma pessoa deve pedir perdão a qualquer outra pessoa a quem tenha feito mal. No Yom Kippur, toda energia é dedicada a rezar e a pedir perdão. Ao fim de 25 horas de oração, vem o culto final do dia, a oração Nei'lah.

TRADUÇÕES DOS NOMES HEBRAICOS

Ariella: "leoa de Deus".
Ba'al Shem Tov: "mestre de um bom nome".
Eliana: "Deus, responda-me".
Elias (Elijah): "meu Deus se chama Yah" [Yah é um dos nomes de Deus em hebraico].

Eli: "meu Deus".
Ezra: "ajudante".
Josué (Joshua): "que Deus salve".
Natan: "dom ou doador".
Raquel (Rachel): "ovelha".
Samuel: "nome de Deus".
Shoshana: "rosa".

FONTES

"O PODER DAS HISTÓRIAS"

Essa história clássica chassídica vem do século XIX, no Leste Europeu. O primeiro que a contou foi o rabino Yisroel ben Eliezer, um rabino famoso, também conhecido como Ba'al Shem Tov, ou "Mestre de um bom nome". Ele fundou o movimento chassídico, uma corrente do judaísmo que enfatiza a ligação espiritual com Deus por meio da oração, do canto, das histórias e do misticismo.

BUBER, Martin. *Tales of the Hasidim: The Later Masters*. Nova York: Schocken, 1948.
FRANKEL, Ellen. *The Classic Tales: 4,000 Years of Jewish Lore*. Northvale, NJ: Jason Aronson, 1993.
SCHWARTZ, Howard. *Leaves from the Garden of Eden: One Hundred Classic Jewish Tales*. Nova York: Oxford University Press, 2009.
ZAK, Reuven (ed.). *Knesset Israel 13ª*. Varsóvia, 1866.

"A SABEDORIA DE ELIAS"

O profeta Elias aparece na Bíblia, no Livro dos Reis, mas depois também se torna um herói do folclore judaico.

FRANKEL, Ellen. *The Classic Tales: 4,000 Years of Jewish Lore*. Northvale, NJ: Jason Aronson, 1993.
ROSSEL, Seymour. *The Essential Jewish Stories*. Jersey City, NJ: KTAV Publishing House, 2011.

"O MENINO QUE REZOU O ALFABETO"

Diversas versões dessa história aparecem na literatura chassídica. Todas falam de um garotinho sem instrução que, embora não saiba as palavras certas nem o jeito correto de recitá-las, reza com um coração tão puro que Deus ouve sua oração assim mesmo.

FRANKEL, Ellen. *The Classic Tales: 4,000 Years of Jewish Lore*. Northvale, NJ: Jason Aronson, 1993.
SCHRAM, Peninnah. *The Hungry Clothes and Other Jewish Folktales*. Nova York: Sterling Publishing, 2008.

"O PRÍNCIPE QUE ACHAVA QUE ERA UM GALO"

Essa é uma história do grande mestre chassídico, o rabino Nachman de Bratislava, que viveu na Polônia no século XIX. Ele frequentemente ensinava seus alunos por meio de parábolas e histórias como essa.

JUNGMAN, Ann. *The Prince who Thought he was a Rooster and Other Jewish Stories*. Londres: Frances Lincoln, 2007.

מקורות

SCHWARTZ, Howard. *Leaves from the Garden of Eden: One Hundred Classic Jewish Tales*. Nova York: Oxford University Press, 2009.

"CHALÁ NA ARCA"

Esse conto é baseado na história contada no século XVI pelo rabino Isaac Luria (conhecido como "o Ari", que significa "o Leão") no livro *Shivhei ha-Ari* [Em louvor ao Ari]. O rabino Luria é considerado o pai da Cabala contemporânea, o misticismo judaico.

ROSSEL, Seymour. *The Essential Jewish Stories*. Jersey City, NJ: KTAV Publishing House, 2011.

SCHWARTZ, Howard (ed.). *Gates to the New City: A Treasury of Modern Jewish Tales*. Northvale, NJ: Jason Aronson, 1991.

"CÉU E INFERNO"

Versões dessa história são encontradas em várias tradições diferentes, incluindo o folclore japonês e o cristão. Essa versão incorpora a lenda judaica dos *lamed-vavniks*, as trinta e seis pessoas boas de quem depende a existência do mundo.

FEINSTEIN, Rabbi Edward M. *Capturing the Moon: Classic and Modern Jewish Tales*. Springfield, NJ: Behrman House, 2008.

OUTCALT, Todd. *Candles in the Dark: A Treasury of the World's Most Inspiring Parables*. Hoboken, NJ: John Wiley & Sons, 2002.

"A INTELIGÊNCIA DE RAQUEL"

Histórias de mulheres inteligentes que resolviam charadas eram populares em todo o Leste Europeu. Na tradição judaica, elas muitas vezes eram contadas como exemplos da "mulher de nobre caráter" mencionada em Provérbios 31:10: "Uma mulher de nobre caráter, quem pode encontrar?"

AUSUBEL, Nathan (ed.). *A Treasury of Jewish Folklore*. Nova York: Crown Publishers, 1972.

CAHAN, Judah Loeb. *Yiddishe Folksmaisses* (*Yiddish Folk Stories*). Nova York e Vilna: Ferlag Yiddishe Folklore-Bibliothek, 1931.

SHERMAN, Josepha. *Rachel the Clever and other Jewish Folktales*. Little Rock, AK: August House, 1993.

"O ERRO PERFEITO"

Originalmente baseada em um conto do professor chassídico do século XVIII, o *maggid* de Dubno (também conhecido como Jacob ben Wolf Kranz), essa história tornou-se popular em muitas tradições religiosas.

ROSSEL, Seymour. *The Essential Jewish Stories*. Jersey City, NJ: KTAV Publishing House, 2011.

SCHRAM, Peninnah. *The Hungry Clothes and Other Jewish Folktales*. Nova York: Sterling Publishing, 2008.